periplaneta

CHARLOTTE FRITSCH: „Zwischen mir und mir“
1. Auflage, April 2013, Periplaneta Berlin, Edition Blickpunkt

Inh. Marion Alexa Müller, Postfach: 580 664, 10415 Berlin
www.periplaneta.com

Lektorat & Projektleitung: Michael Tietz
Coverbild: Marcus Rietzsch, www.mr-bilderwelten.de
Modell: VeritaS, www.model-kartei.de/sedcards/model/30932
Satz, Layout & Gestaltung: Thomas Manegold (www.manegold.de)

Druck & Bindung: META Systems, Wustermark, Deutschland
Gedruckt auf FSC- und PEFC-zertifiziertem Werkdruckpapier

print ISBN: 978-3-943876-62-8
epub ISBN: 978-3-943876-22-2

Charlotte Fritsch

Zwischen mir und mir

Sommerferien in der Psychiatrie

periplaneta

Dieses Jugenddrama ist von tatsächlichen Ereignissen inspiriert. Es enthält autobiografische Elemente. Sämtliche Personen sind frei erfunden bzw. aus verschiedenen Personen der zu Grunde liegenden Szenarien konstruiert. Deren Namen und Orte wurden im Interesse der beteiligten Personen an den zitierten und adaptierten Ereignissen geändert. Parallelen zu tatsächlichen Ereignissen und Personen sind daher rein zufällig.

Kapitel 1:

Die Diagnose

„Ich war zehnmal in der Psychiatrie. Viermal in der Geschlossenen. Und das in neun Jahren. Eigentlich war ich meistens weg, als Christin klein war.“ Mama räusperte sich. „Jedes Mal andere Medikamente, jedes Mal andere Nebenwirkungen, dann Elektroschocks. Jahrelang hat nichts geholfen. Aber Christins neunter Geburtstag war der letzte, den sie mit mir in der Psychiatrie feiern musste. Seitdem habe ich die richtigen Medikamente und bin weitgehend stabil, nicht?“
Mama schaute mich an. Ich nickte, lächelte und schwieg.
„Und jetzt? Jetzt macht Christin die gleichen Stimmungsschwankungen durch wie ich.“ Meine Mutter schob ihre Brille zurecht. „Erst wollte ich das nicht wahrhaben. Habe immer gehofft, dass ich ihr die Krankheit nicht vererbt habe. Aber die Gene sind einfach zu stark. Ich bin manisch-depressiv, mein Vater ist es, sein Vater war es und es gibt noch mindestens drei andere Fälle in unserer Familie.“
Die Psychotante, sie hieß Frau Kant, nickte. „Diese familiäre Vorbelastung ist tatsächlich nicht zu unterschätzen. Auch die Symptomatik nicht, die Sie geschildert haben. Es spricht leider wirklich alles dafür, dass Christin manisch-depressiv ist.“
Ich wischte mir durchs Gesicht. Was geschah hier? Diese Tante kannte mich gerade mal eine halbe Stunde und konnte sich schon ein Urteil über mich bilden? Und dann fing sie an, von Medikamenten zu sprechen und Mama hörte nicht auf, ihre beschissene Krankengeschichte zu erzählen. Dass sie schon mit zwölf Jahren depressive und manische Phasen hatte. Dass die Krankheit aber erst mit siebenundzwanzig festgestellt wurde, kurz vor meiner Geburt. Dass ihr viel erspart geblieben wäre, hätte man die Krankheit so früh

entdeckt wie bei mir. Dass sie zeitweise mit ihrer Rolle als Mutter überfordert war, unfähig, sich richtig um ihre Kinder zu kümmern – wegen der Krankheit. Dass sie mit dreiunddreißig für drei Monate in die Geschlossene kam – wegen der Krankheit. Dass sie danach aus ihrem geliebten Beruf als Krankenschwester rausgemobbt wurde – wegen der Krankheit. Dass sie gezwungen war, eine Abfindung zu unterschreiben, mit Anfang dreißig in Frührente zu gehen – wegen der Krankheit. Dass ihre Freunde nichts mehr von ihr wissen wollten – wegen der Krankheit. Dass andere Kinder nicht mit ihren Kindern spielen durften – wegen der Krankheit. Dass sie –

Die Psychotante wollte mit mir allein sprechen. Mama verließ nur sehr widerwillig den Raum, fragte mich mehrfach, ob das für mich auch in Ordnung sei.

Frau Kant lächelte müde. „Wie geht es dir, wenn du von den Sachen hörst, die deine Mutter erlebt hat?"

„Scheiße." Ich starrte an die Uhr über der Topfpalme. „Ich will nicht, dass mein Leben genau so wird wie ihres. Aber es wird doch eh alles so kommen."

„Ich verstehe, dass ihre Krankengeschichte dir Angst macht. Aber wenn du jetzt schon die richtigen Medikamente bekommst und die richtige Therapie, dann muss dein Leben nicht so werden."

„Was denn bitte für Medikamente?"

„Das kann ich ambulant leider nicht entscheiden."

„Was heißt das?"

„Dass du um eine stationäre Behandlung nicht herumkommen wirst. Die Stimmungsschwankungen, die du beschreibst, sind sehr stark. Und wir müssen da dringend eingreifen, bevor alles noch viel schlimmer wird. Ich werde nachher gleich auf einer Station anrufen und versuchen, so schnell wie möglich einen Platz für dich zu bekommen."

„Das geht nicht. Ich habe Sommerferien. Ich fahre nächste Woche mit meinen Freunden in den Urlaub. Die Zugkarten sind schon gekauft."

„Das ist ja eine schöne Idee, aber deine Gesundheit geht vor. Du bist zurzeit sehr durcheinander, Christin, und das wird immer schlimmer

werden, wenn wir nicht schnellstens etwas dagegen unternehmen. Dich in deinem Zustand allein mit deinen Freunden wegfahren zu lassen ... Nein. Das ist viel zu gefährlich."
Gefährlich. Was? Ich?
„Es ist nun mal eine psychische Krankheit. Eine *schwere* psychische Krankheit. Und du brauchst Hilfe. Dringend Hilfe." Und dann sagte sie noch: „So schlimm ist das in der Kinder- und Jugendpsychiatrie auch gar nicht. Ist ein bisschen wie Ferienlager."

Dreißig Minuten und mein ganzes Leben zerstört. Psychiatrie!
Ich lief aus dem Zimmer, wollte nur weg. Draußen stand meine Mutter. Als sie mich sah, rief sie mir etwas zu, ich hörte nicht hin, sondern rannte los. Die Haare vorm Gesicht, Kapuze auf, Blick nach unten. Ich bin gefährlich – haut alle ab!
Zuhause verkroch ich mich in meinem Zimmer. Das hier war ein schlechter Film. Ich war unfreiwillig in die Hauptrolle gerutscht – in die der sechzehnjährigen Manisch-Depressiven.
„ICH GEH DA NICHT HIN!
DAS KÖNNEN DIE VERGESSEN!"
Ich lachte hysterisch, heulte, schlug gegen die Wand.
„DAS MACH ICH NICHT! Nein!"
Ich ließ mich auf meinen Computerstuhl fallen. Biss mir in die Hand, um mich zu beruhigen.

urlaub wird wohl nix. ich muss in die klapper. 8 wochen...

Ich tippte wütend auf die Tasten.
Meine Mutter kam zu mir. Setzte sich auf den Fußboden. Ihr blauer Kajal war verlaufen. Sie wischte an ihren Augen herum.
Meine Mutter sagte etwas zu mir. Es rauschte an mir vorbei. Unreal. Genau wie diese ganze Situation. Das hier war ein Spiel, eine Verschwörung gegen mich. Ich war ‚Game Over', musste direkt ins Gefängnis. Psychiatrie, Knast – zwei Namen für die gleiche Scheiße.
Das Telefon klingelte. Ich steckte es unter die Bettdecke.
Es hörte nicht auf, also nahm ich es doch.
Ein lauter Schluchzer, zu mehr war ich nicht im Stande.

„Chris? Hallo – bist du dran?“ Sina, meine beste Freundin.
Ich lachte geistesgestört, wie ich ja war.
„Hey Chris? Chris? Was ist denn los?“
Ich presste das Telefon fester an mein Ohr. Musste etwas sagen. Konnte nicht.
„Ich wollte eigentlich wissen, wie das Gespräch mit dieser Psychiaterin war ...“ Schweigen.
„Chris? Was ist denn nur? Sag es doch einfach – so schlimm kann es ja nicht sein.“
„Ist es aber ...“
„Ja? Was denn, Chris?“ Besorgt klang sie.
Ein letzter Lacher, dann: „Ich muss in die Psychiatrie ... Ich raff das alles nicht.“
„Ach scheiße ... Warte, ich komm zu dir. Ich zieh mich nur schnell an. Warte!“
„Nein – nein, nein!“ Sie hatte schon aufgelegt. Scheiße! Sie durfte mich nicht so sehen! Nicht so, verdammt. Ich wischte mir die Tränen aus den Augen. Es war zwecklos. Immer wieder kamen neue. Ich steckte mir eine Zigarette in den trockenen Mund. Feuerzeug dran. Meine Hand zitterte. Asche fiel auf den Boden.
Es klingelte. Ich zuckte zusammen. Schritte eilten zur Tür.
Zwei Stimmen. Meine Mutter begrüßte Sina. Dann stand sie in meiner Tür. Sina. Sie lächelte unsicher. Ich drehte mich weg, warf meine Kippe aus dem Fenster.
Sina nahm mich in den Arm. „Mensch Chris.“
Ich wandte mich von ihr ab. Lief im Zimmer hin und her.
Hin und her.
Sina lies sich auf das Sofa fallen. Schaute mir irritiert zu.
„Du bist ziemlich durcheinander, was?“
Ich lief weiter durch den Raum. Sina stellte sich vor mich.
„Du setzt dich jetzt aufs Bett und beruhigst dich erstmal.“
Ich gehorchte, schnappte meine gelbe Decke, zog sie mir bis zur Nase. Atmete ein paar Mal tief durch, starrte auf das Spiel *Therapy* auf meinem Bücherschrank und begann zu reden.
Sina hörte sich alles in Ruhe an, mal runzelte sie die Stirn, mal lachte

sie ungläubig. Ihre grünen Kulleraugen schauten mich nicht an. Ihre dunkelblonden Haare waren noch nass – sie hatte sich nicht mal Zeit zum Föhnen genommen.

„Mensch, Chris, wenn das so ist, dann ist es eben so. Geh dahin und dann helfen sie dir. Und wenn du Tabletten bekommst ... was soll's? Hauptsache dir geht's wieder gut."

„Nein. Ich komme auch so klar. Außerdem will ich in den Urlaub."

„Ja, das ist wirklich scheiße mit dem Urlaub. Aber du kannst doch noch dein ganzes Leben Urlaub machen. Danach. Wenn das alles so krass ist und das sogar eine Psychiaterin sagt, dann ist es wahrscheinlich das Beste, wenn du da hingehst."

Ich biss mir auf die Lippe.

„Und nach ein paar Wochen bist du doch wieder draußen. Und dann geht es dir besser." Sie lächelte. „Außerdem ist das doch eine interessante Erfahrung. Wer kann schon sagen, dass er seinen Sommer in der Psychiatrie verbracht hat?"

„Ich bin ja ein richtiger Glückspilz." Ich kaute genervt auf meinem inzwischen geschmacklosen Kaugummi herum. „Ach scheiße, was soll's. Ich werd schon hingehen."

Eine Woche blieb mir zwischen Gespräch und Einweisung. Ich ging nicht mehr zur Schule. Verbrachte viel Zeit vor meinem PC, um einen Film für die bevorstehende Hochzeit meiner Schwester zusammenzuschneiden. Die Szenen hatte ich schon gedreht. Nichts Spektakuläres, Witze, erzählt von Familienmitgliedern. Aber dieses Projekt war mein Projekt. Ja, der Urlaub fiel flach, aber diesen Film würde ich fertigstellen, dieser Film war das Einzige, was mich noch reizte. Mein Plan für die Sommerferien. Trotz der Klapse. Deshalb versuchte ich so viel wie möglich zu schaffen, solange es noch ging. Ich saß vorm Computer, fluchte laut, wenn etwas nicht gleich funktionierte, und wenn etwas funktionierte, gratulierte ich mir ebenso laut selbst. Die Arbeit lenkte mich ab. Wenn ich den Computer ausschaltete, war die ganze Scheiße aber wieder da. Diese Angst und diese Ausweglosigkeit.

Dann der letzte Abend vor meiner Einweisung. Ich schaltete den Computer aus. Meine Schwester kam vorbei. Wir lächelten uns unsicher an. Standen uns in meinem Zimmer gegenüber. Warfen uns einen kleinen Ball zu. Hin und her. Hin und her. Wir redeten nicht. Nur ab und an hörte man ein Kichern, wenn der Ball knapp am Kopf vorbeiflog. Beinahe hinaus durch das offene Fenster. Hinaus, in eine Welt, die nicht die meine ist.
Ich hatte noch nicht gepackt. Wozu auch? Ich warf meine Klamotten ungeordnet auf mein Bett. Meine Schwester legte sie zusammen, packte sie sorgfältig in eine Reisetasche. Ich ging ins Bad und duschte. Als ich rauskam, war meine Schwester immer noch da, sie las etwas, und als sie mich bemerkte, legte sie das Blatt schnell weg. Meine Mutter hatte ihr eins meiner Gedichte in die Hand gedrückt, eins von den Gedichten, die sie letzte Woche auf meiner Homepage gefunden hatte. Einige düstere, verwirrende Texte hatte sie ausgedruckt, um sie den Leuten in der Psychiatrie zu geben. Ich wollte das nicht, doch sagte nichts.
Meine Schwester ging dann. Ich legte mich ins Bett. Aus dem Wohnzimmer drängten sich mir laute nervöse Fernsehgeräusche auf – Schüsse, Schreie, Hysterie. Auf dem Platz vor unserem Haus grölten Besoffene herum. Auf dem Bildschirm meines Fernsehers sang Fergie „Big girls don‘t cry“, während ich nicht aufhören konnte zu heulen. Meine Mutter legte sich in mein Bett, nahm mich in den Arm. Mein Körper versteifte sich, ich konnte diese Nähe nicht ertragen. Meine Mutter redete mit mir. Keine Ahnung, worüber. Ich starrte an die Decke. Tränen liefen mir übers Gesicht.
Nachdem sie mich verließ, legte ich mich auf die Seite, versuchte einzuschlafen. Katzenhaare stachen mir in den Arm. Ich drehte mich. Hin und her. Hin und her. Das Bett quietschte. Meine Haare waren fettig, mein Gesicht starr.
Stimmen flüsterten mir etwas zu. Ganz leise, zischend. *Versagerin*, flüsterten sie. *Versagerin*.
Ich wollte aufstehen, konnte es aber nicht.
Ich war allein, vollkommen allein.
Bring dich um, flüsterten die Stimmen.

Mein Kopf bewegte sich. Hin und her. Hin und her.
Ich krallte mich am Laken fest.
Bring dich um. Los, mach schon!
Ich drückte meine Ohren zu. Die Stimmen wurden nicht leiser.
Meine Katze sprang aufs Bett, weckte mich.
Meine letzte Nacht in Freiheit verbrachte ich schlaflos.

Kapitel 2:

Das Ferienlager

„Wir müssen bald los“, sagt Mama betrübt.
Zahnpasta spritzt an den Spiegel. Meine dunkelbraunen Augen sind vom Heulen gerötet und geschwollen, meine Pupillen unnatürlich groß. Meine Lippen sind weiß und aufgesprungen. Ich könnte problemlos als Zombie in der Geisterbahn arbeiten.
Ich liege auf dem Sofa, rühre mit dem Löffel in meiner Cornflakes-Schüssel. Meine Mutter und Matthias, ihr Mann, sitzen am Tisch und rauchen. Meine Katze springt auf meinen Bauch. Ich streichele über ihr weißes Fell, habe eine dicke Schicht von Katzenhaaren an meinen schwitzigen Händen kleben.
Die Deckenlampe flackert. Meine Mutter gibt das Startsignal. Jacke an. Taschen schnappen. Ein letztes Mal über das weiche Fell meiner Katze streicheln. Tür zu. Schuhe an. Treppe runter.

Wir fahren eine Dreiviertelstunde. Dann sind wir da. Das Auto hält. Keiner rührt sich. „Wir können nicht ewig hier sitzen bleiben“, sage ich, steige aus und gehe auf das riesige, dreckbraune Klinikgebäude zu. Die Fenster sind vergittert. Überall parkende Autos – vom Trabbi bis zum Mercedes ist alles zu sehen. Bauzäune und Gerüste sind aufgestellt.
Wo bin ich hier nur?
Wir schlängeln uns durch eine verlassene Baustelle, überqueren eine Straße. Biegen links ab und gehen eine alte Steintreppe hoch. In ein Haus rein.
Ich zittere. Meine Mutter schaut mich an. Sie atmet schwer, als sie auf den Klingelknopf drückt.

Eine schlanke junge Frau im weißen Kittel schließt die Tür auf. Wir treten ein. Die Frau schließt hinter uns wieder ab. Wir sollen warten. Mama und ich sitzen lange schweigend und unbeachtet im Flur, bis zwei Frauen auf uns zukommen. Die eine ist klein und schwanger; die andere hat einen blonden Bob und eine weinrote Brille. Auch sie haben weiße Kittel an. Sie führen meine Mutter und mich in einen winzigen Raum, in dem alles außer der Wand grau ist, selbst die Kulis auf dem Tisch. Wir setzen uns. Ich verschränke meine Arme, wackele mit den Füßen. Die Frauen stellen sich vor. Beide sind Psychologinnen. Sie würden hier alles im Team machen, deshalb seien sie gemeinsam hier.

Die Blonde fängt an, mir Fragen zu stellen, macht sich Notizen, während die andere beobachtet.

Ich erzähle ihnen, warum ich da bin. Dass ich mit vierzehn meine erste depressive Phase hatte, vier Wochen damals. Es begann, während ich mit Freunden im Urlaub war. Völlig grundlos. Ich konnte nicht mehr lachen, selbst das Sprechen fiel mir schwer, weil mein Hals so zugeschnürt war, dass ich kaum atmen konnte. Diese Phasen kamen in den letzten zwei Jahren immer wieder, wurden länger, extremer. Immer wieder dachte ich daran, mich umzubringen; ich saß im Unterricht und formulierte im Kopf Abschiedsbriefe. Ich hatte in diesen Phasen keinen Spaß mehr an dem, was ich machte, verlor das Interesse an anderen. Die Wochenenden waren am Schlimmsten, oft verbrachte ich die Zeit damit, im Bett zu liegen und an die Decke zu starren. Ich merkte, dass da was mit mir nicht stimmte.

Ich wusste, seit ich zwölf bin, dass ich genetisch vorbelastet bin, weil meine Mutter manisch-depressiv ist. Die Angst es auch zu sein, wurde mit der Zeit immer größer. Und dann war sie da, die Krankheit. In den letzten sechs Monaten wechselte meine Stimmung so schnell und krass, dass ich und andere nicht mehr hinterher kamen. Im einen Moment lief ich lachend und singend durch die Stadt, im nächsten saß ich weinend im Bett, biss mir in den Arm, kotzte, hasste mich, hasste mein Leben. Kurz vor meinem Gespräch bei der Psychotante waren wir auf Klassenfahrt an der Ostsee. Während die anderen zusammen Karten spielten, kletterte ich allein im Zimmer von Bett zu Bett, tanzte, schrie Lieder, verwüstete alles, dann rannte ich an den Strand. Es regnete, ich zog meine Sachen aus und lief los, auch noch, als es dunkel wurde und wir schon längst im Zimmer sein mussten. Ich redete mit mir selbst, breitete die Arme aus, war mir sicher, dass ich fliegen konnte. Als ich völlig durchnässt in unser Zimmer zurückkam und gleich wieder an den Betten herumkletterte, fragten mich die anderen, ob ich Drogen genommen habe und ich lachte nur. Meiner Mutter schrieb ich eine SMS, dass ich manisch sei und sie machte den Termin bei der Psychotante. Tja, so war das.

Jetzt bin ich hier.

Als die Fragestunde beendet ist, sagen die Psychologinnen, dass sie mich schon wieder ‚hinkriegen' würden, dann verabschieden sie sich und lassen meine Mutter und mich allein in dem Raum sitzen.

Die Tür bleibt offen.

Nach kurzer Zeit kommt die Schwester rein, die vorhin die Tür aufgeschlossen hat. Sie hat dunkelbraune Locken, die sie kompliziert hochgesteckt trägt. Sie sieht aus, als sei sie direkt einer Haarwäschewerbung entsprungen. Schwester Monika, das Haarmodel. Ich lächele. Sie füllt einen weiteren Fragebogen mit allgemeinen Angaben über mich aus. Sie will wissen, ob ich Piercings oder Tattoos habe oder von irgendwas abhängig sei. Ich verneine alles; sage, dass ich zwar rauche, aber mir das abgewöhnen will. Zum Schluss erwähne ich noch, dass ich kein Fisch esse.

Dann erklärt sie die Hausordnung: Besuchszeit ist täglich von 17-18 Uhr. Mittwochs und am Wochenende länger – bei guter Führung. Nach dem Abendbrot eine Stunde Handy- und Telefonzeit. Die restliche Zeit wird das Handy weggeschlossen. Telefoniert werden darf nur im Flur, nicht auf den Zimmern. Essen und Trinken sind auf dem Zimmer verboten. Auch keine Süßigkeiten. Keine Rasierer, Scheren oder sonstige spitze Gegenstände. Kein Laptop, kein Internet. Nachtruhe einundzwanzig Uhr. Kein aggressives Verhalten gegenüber Mitpatienten, kein intimes Beisammensein, kein Alkohol, keine Zigaretten und keine Drogen. Ich bekomme einen *Punkteplan.* Jeden Tag kann man sechzehn Punkte erreichen – für Dinge wie das

‚Einhalten der Nachtruhe', ‚Hygiene' und ‚angemessenes Verhalten'. Wenn man nicht genug Punkte erreicht oder gegen die Regeln verstößt, wird der Ausgang gestrichen. Andere Sanktionen sind: Handy- und Telefonverbot, Fernsehraumverbot, Zimmerarrest. Wenn jemand eine Krise hat, so kann er sich im Chill-Out-Raum (der Gummizelle!) *beruhigen*. Wer lange genug mitspielt, bekommt irgendwann einen Einzel- oder Gruppenausgang ohne Begleitung genehmigt.

Ich unterschreibe den Zettel. Bleibt mir ja nichts anderes übrig. Das war das Check-in. Komisch, ich habe noch gar kein Glas Champagner in die Hand gedrückt bekommen, zur Begrüßung ...

Ich soll zum Mittagessen. Ich verabschiede mich wortkarg von Mama und gehe, ohne mich noch einmal umzudrehen, in den Speiseraum. Ab jetzt bin ich allein zwischen lauter Gestörten, die ich nicht kenne. Ich laufe mit gesenktem Kopf an meinen *Mitpatienten* vorbei, die auf drei Vierertische verteilt sind. Elf Kinder und Jugendliche sitzen hier gerade mal. Wie familiär.

Menschengroße Fenster eröffnen den Blick auf eine schlammige Baustelle. In der hinteren linken Ecke des Raums steht ein eichenfarbenes Schränkchen. *Radio Top 40* läuft. Dem Schränkchen gegenüber das gleiche Sofa, das auch im Flur steht. Neben dem Sofa klafft in der giftgrünen Wand ein kleines, quadratisches Loch: die Essensausgabe. Ich stelle mich unsicher davor. Keiner beachtet mich. Ich räuspere mich und frage, ob ich was zu essen bekomme. Die Essensfrau meint, dass mein Hühnerfrikassee erst noch aufgewärmt werden müsse. Es dauert ewig, bis ein Teller in der Luke steht. Ich nehme ihn und setze mich auf den einzigen freien Platz.

Ein Mädchen mit extrem leiser Stimme fragt mich was. Sie muss es dreimal wiederholen, bis ich es verstanden habe. Sie fragt, warum ich hier sei.

Ich sage: „Manisch-depressiv."

„Ist wohl dein erster Aufenthalt, hm? Ich heiße übrigens Carola."

Ich nicke und stochere in meinem Essen rum.

Scheiße, ich habe Fischpfanne statt Hühnerfrikassee erwischt. Ich hasse Fisch, habe ich der Schwester doch extra gesagt.

Mir wird kotzübel. Ich kann das nicht essen!
Die Essensfrau stellt meinen eigentlichen Teller ins Fenster und ruft „Christin, dein Essen!“ Dann sieht sie, dass ich schon einen Teller habe, und nölt: „Das ist aber nicht dein Essen, Christin! Was soll das denn? Denkst du etwa, du kannst hier machen, was du willst? Ich habe dir doch gesagt, dein Essen dauert noch eine Weile. Also wenn du so weiter machst ... Nee, echt – so jemand haben wir noch gebraucht, ganz toll.“
Was will diese Schlampe eigentlich von mir? Gibt hier nur das Essen aus und darf die Patienten dumm anmachen, *oder was*?! Ich esse weiter. Ich würge und bekomme Tränen in den Augen; doch ich esse. Um mich vom Fischessen abzulenken, frage ich Carola, warum sie hier ist. Sie sagt, sie sähe Dinge, die nicht da wären. Dann steht sie auf und geht.
Der Speisesaal leert sich. Ich quäle mir die letzten Bissen rein. Die Essensfrau schimpft, ich solle mich gefälligst beeilen. Ich gebe den Teller ab und gehe aufs Klo.
Dort würge ich, doch es kommt nichts. Ich stecke mir den Finger in den Hals, doch das klappt auch nicht. Ich heule, wenigstens das klappt.
Nachdem ich mich etwas beruhigt habe, verlasse ich das Klo. Hustend, mit verheulten Augen und rotem Gesicht. Die Essensfrau steht schon – die Hände in den Hüften – im Flur und wartet auf mich. Es stellt sich heraus, dass die Essensfrau eine Schwester ist. Schwester Kerstin heißt sie.
Sie holt mit mir meine Taschen und bringt mich in ein Zimmer.

Ein großes Dreierzimmer. Das Schuhregal gleich neben der Tür ist mit dutzenden unordentlich eingeräumten Stiefeln, Sandalen, High Heels, Turnschuhen und Flip-Flops vollgestopft. Na toll, Tussis.
Gegenüber der Tür sind zwei große Fenster, beide angekippt. Man sieht die alte Steintreppe, die mich hier reingeführt hat und die ich in den nächsten Wochen wohl nicht betreten darf.
Vorm Fenster steht ein quadratischer Tisch aus hellem Holz, der mit mindestens zwanzig verschiedenen Nagellackfläschchen zugemüllt

ist. Zwei weitere Tische stehen an den Wänden – der einzige leergeräumte ist winzig. An der rechten Wand zwei Betten, an der linken eins. *Ein* Kleiderschrank für *drei* Leute; ein weiteres Regal ist vollgestopft mit Schminkutensilien, Socken und vollgerotzten Taschentüchern. *Ordnungspunkte* kriegen die hier sicher nicht. Rechts neben dem Regal ist eine kleine Waschnische mit verschmierter Stahlplatte als Spiegel. Über den Betten hängen Pinnwände, die mit Postern irgendwelcher Teenageridole zugekleistert sind.
Auf den beiden hinteren Betten haben es sich zwei Mädchen bequem gemacht. Sie sind gerade heftig am Feiern, als die Schwester und ich den Raum betreten. Sehen nach Dorftussis aus.
„Musik leiser, aber zackig!", ruft Schwester Kerstin.
Das Mädchen, das sich auf ihr Bett stellt, um das Radio auf dem Holzbrett an der Wand leiser zu drehen, hat lange braune Haare und trägt einen Blümchenminirock mit einem bauchfreien blauen Armee-Top. Was für eine Kombination ...
Als das Radio leiser ist, lässt sich die Sachen-Kombi-Dorftussi zurück auf ihr Bett plumpsen. Sie und die andere tauschen Blicke aus, die ich nicht deuten kann, setzen sich auf und schauen dabei zu, wie meine Reisetasche ausgeräumt wird. Scheint ja nicht so viele Attraktionen hier zu geben.
Die Schwester breitet den Inhalt meiner Tasche auf dem Bett aus. Sie krempelt jede Hosentasche um, um zu schauen, ob darin etwas versteckt ist, zieht jeden noch so kleinen Reißverschluss auf. Sie schaut sogar in die ungeöffnete Tamponschachtel. Man kann es auch übertreiben, oder? Bin ich im Knast?
Als sie mit der Aussage „Gut" ihren Suchvorgang abschließt, fordert sie mich dazu auf, Handy, Portemonnaie, Schlüssel und Feuerzeug abzugeben. Sie ist sehr klein, geht mir gerade bis zu den Schultern, dennoch habe ich Respekt vor ihr. Ich glaube, mit der sollte man sich besser nicht anlegen.
Mit den eingesackten Sachen im Arm und zufriedenem Gesichtsausdruck verlässt die Schwester den Raum.
Und dann geht es los. Die zwei Dorftussis, die die ganze Zeit über gekichert, aber nichts gesagt haben, überhäufen mich sofort mit

tausend Fragen: „Wie heißt du?“, „Wie alt bist du? „Warum bist du hier?“, „Was hörst du für Musik?“, „Rauchst du?“, „Machst du heute Abend mit uns durch?“, „Stehst du auch so auf *Titanic?*“
Die Fragerei nervt mich. Ich unterhalte mich nicht gern mit Fremden. Ich packe meine Sachen aus und lege mich aufs Bett.
Ein hässlicher, dümmlich glotzender Typ kommt ins Zimmer. Hat was von einem Affen. Die Dorftussis schieben einen der Tische in die Mitte des Zimmers und bauen ein Monopoly-Spiel auf. Sie fragen, ob ich mitspielen will. Ich habe keine Lust, sage aber ja.
Sandra, die Dorftussi mit der schrecklichen Sachenkombi, dreht die Musik wieder lauter. Gangster-Rap – was sonst. Dann lässt sie sich auf einen der Stühle plumpsen und sagt zu der anderen, die Marlene heißt: „So, Kleene, du fängst an, damit du nicht wieder heulst.“ Sie wirft ihr die Würfel zu. Marlene fängt sie nicht, krabbelt unter den Tisch, um die Würfel aufzuheben und fängt an. „Fuck ey, ich komm immer gleich auf das Steuerfeld. So ‘ne Scheiße, ey.“
Sandra: „Ha, ha ... Ich seh schon, ich werd wieder gewinnen. Voll fett ey.“ Sie grinst den Affen an. „Du bist dran, Hohlbirne.“
Der Affe wird rot und lacht dümmlich. „Also eigentlich heiß ich Ken, Alte.“ Er lacht wieder, verschluckt sich aber und bekommt einen Hustenanfall.
Als *Ken* sich nach einer Ewigkeit wieder eingekriegt hat, schaut er mich an und sagt dann mit tiefer, ebenso dümmlicher, kratziger Raucherstimme: „Wer bist du denn eigentlich?“ Er braucht ewig für jedes Wort.
„Christin.“
Der Affe nickt bescheuert und schaut mich mit seinen dunkelbraunen, tiefliegenden Augen an. „Und warum bist du hier?“
Der übliche Smalltalk in der Psychiatrie. Auch nicht anders als auf einer Party, oder?
Sandra reißt die grünen Augen auf und sagt geheimnisvoll: „Die ist manisch-depressiv.“
Der Affe zieht lautstark den Rotz in seiner Boxernase hoch. „Hä? Was ist das denn?“
Marlene gibt ihm einen Klaps auf den Hinterkopf. „Vergiss es, Ken,

ist zu hoch für dich."
Der Affe kriegt wieder einen Hustenanfall. Sandra klopft ihm auf den Rücken.
Marlene flüstert mir unüberhörbar zu: „Siehst du, der ist so blöd, der rafft's nicht mal, wenn man ihn verarscht."
Der Affe verschränkt seine viel zu langen, schwarz behaarten Arme vor der Hühnerbrust. Er wölbt den Mund mit den aufgesprungenen Lippen unter dem Assi-Flaum wütend nach vorne. „Ja, aber du, Alte!"
Niveauvolle Gespräche, muss ich schon sagen. Ich dachte, ich bin in der Klapse und nicht im Assi-Asyl ...
Plötzlich ruft Sandra: „Ha! Geil! Ich kauf die Schloss-Allee! Ihr seid erledigt. Voll fett ey!"
Marlene funkelt sie böse mit ihren strahlend blauen Augen an und schreit: „Fotze! Macht echt keinen Spaß, mit dir zu spielen!" Hätte nicht gedacht, dass aus ihrem winzigen Mund solche Töne rauskommen ... Aber Kriegsbemalung hat sie ja schon mal: Die Haut zwischen ihren abrasierten Augenbrauen und den blauen Kulleraugen ist vollständig grün-gelb angemalt. Auf den Wangen trägt Marlene viel zu viel Rouge, ihre Lippen sind ebenfalls knallrot. Super, also sitze ich hier mit einem Affen und einem Papagei. Mal sehen, als was sich die andere entpuppt.
Sandra: „Ach mein Schmetterling, beruhig dich mal."
Der Affe lacht dümmlich.
Marlene, der Papagei, schiebt ihr Gesicht nah an den verbeulten Eierkopf des Affen. Sie schaut irre und schreit: „Lach nicht, *du Affe*!"
Der Affe weicht ihr erschrocken aus und versinkt tiefer in seinem Stuhl.
Sandra grinst ein Katzenlächeln. „Habt euch lieb ... Voll fett ey, die beiden oder, Christin? Du bist übrigens dran."
Sie schaut mich überlegen an. Ich bemerke ihre sehr interessanten, großen Augen. Sie sind grün, die Wimpern extrem getuscht. Dazu orangefarbenes Make-up, glasierte Lippen, eine blonde Löwenmähne mit Föhnwelle. Miss Psychiatrie, oder was? Fehlen nur noch Schärpe und High Heels.
Ich verwuschele meine Haare. „Hm, okay ..." Nach dem Würfeln

setze ich meinen silbernen Stiefel drei Felder vor. „Gut, ich nehm' die Turmstraße." Bei Monopoly kauft man doch immer alles, oder? Ich habe das Spiel noch nie gemocht.
Miss Psychiatrie grinst noch überlegener. „Was willst du mit der Absteige, ey? Ach ja, mir zum Sieg verhelfen, voll fett ey." Sie sucht das lila Turmstraßenkärtchen und gibt es mir.
Als ich gerade dabei bin, Miss Psychiatrie das Geld für die Straße zu geben, geht die Tür auf. Das Haarmodel steht im Raum – Schwester Monika. Sie stemmt ihre Hände in die Hüften und starrt uns solange an, bis wir uns alle zu ihr umgedreht haben. Nennt man sowas nicht Aufmerksamkeitsdefizitsyndrom? Dann nölt sie los: „Spinnt ihr? Musik leiser, aber schnell! Ihr unterhaltet ja die ganze Station mit dieser Scheiße."
„Wieso, ist doch voll fett!", ruft Miss Psychiatrie gereizt.
Die Schwester äfft sie nach: „Ja, voll fett, ey." Sie schaut Miss Psychiatrie genervt an. „Hast du schon wieder dieses Piercing drin? Du weißt genau, dass du das hier nicht tragen darfst."
Miss Psychiatrie grinst scheißfreundlich. Sie zieht mit der linken Hand ihre Unterlippe vor und dreht mit der anderen gekonnt den Verschluss im Inneren ihres Mundes auf, dann lässt sie die kleine Silberkugel demonstrativ auf den Tisch plumpsen. Ein leicht gerötetes Einstichloch bleibt zwischen ihrem eckigen Kinn und der breiten Unterlippe übrig.
Die Schwester, immer noch die Hände in den Hüften: „Geht doch ... So, und jetzt noch die Musik und dann haben wir's."
Miss Psychiatrie stöhnt genervt auf, geht zu ihrem Bett und dreht die Musik leiser.
„Geht doch." Die Schwester verlässt den Raum. Die Tür bleibt offen. So viel zum Thema Privatsphäre ...
Der Papagei geht zum Radio und dreht die Musik wieder lauter; Miss Psychiatrie lässt sich elegant auf ihren Stuhl fallen und setzt ihr Piercing mit wenigen geschickten Handgriffen wieder ein. „Das wächst doch sonst zu ... habe ich von meinem Pa gekriegt, der ist Tätowierer. War so ziemlich das einzige Lebenszeichen von ihm in letzter Zeit." Sie würfelt.

Das Haarmodel kommt erneut in den Raum stolziert. „Jetzt reicht's! CD und Piercing her! Ich lasse mich hier doch nicht verarschen!"
Miss Psychiatrie knallt ihr die Sachen missmutig hin. Als die Schwester raus ist, sagt sie: „Ey, die Alte muss auch mal wieder gevögelt werden – die ist ja voll nicht ausgelastet. Voll fett ey."
Wir prusten los. Der Affe muss schon wieder vor Lachen husten.
„Na, du bist heut aber auch gut drauf, Larve, ne?", fragt der Papagei ihn.
„Immer, weißt du doch ..."
Miss Psychiatrie zeigt mit den Fingern ein Herz in der Luft. „Ihr solltet es echt noch mal miteinander probieren!"
„Nee, das ist vorbei! Da hau ich ja lieber ab, als nochmal was mit dem anzufangen." Der Papagei schaut den Affen mit ihren unschuldigen Kulleraugen an und blinzelt ihm mit schnellem Wimpernschlag entgegen. „Ist doch nicht böse gemeint, Kenni. Aber du bist einfach mal strohdoof."
Der Affe guckt beleidigt. „Fotze!"
„Na, na, na, Ken. So geht das aber nicht ... Hast wohl nicht aufgepasst, beim Sozialkompetenztraining, hä?", stichelt Miss Psychiatrie. Sie macht eine Ich-bin-wichtig-Geste, dann steckt sie mir folgende Info zu: „Unser Kenni, ist nämlich ein ganz Schlimmer ... Der hat mit seinen Kumpels Hauswände beschmiert, Fensterscheiben eingeworfen, einen Knirps zusammengeschlagen, sich beim Klauen erwischen lassen und, und, und."
Der Affe läuft rot an, grinst aber, als hielte er sich für den tollsten Hecht überhaupt. Auf seinen Zähnen ist eine gelbe Dreckschicht.
„Na dann ..." Das hätte sie mir nicht erzählen brauchen, das habe ich dem auch so angesehen. Der sieht schon so aus – typischer Assi. Ich bin jung, ich darf Leute noch nach ihrem Aussehen beurteilen.
Miss Psychiatrie ist wieder im Spiel: „Ein Hotel auf die Schloss-Allee. Jetzt seid ihr erledigt, Schnecken."
Der Papagei böse: „Du bist zum Kotzen, Mausi!"
Miss Psychiatrie schlangengleich: „Dann geh doch, wenn ich so blöd bin ... Hast ja dein ganzes Leben nix andres gemacht, als abzuhauen."
„Schlampe! Du wärst auch abgehauen, aus diesem bekackten Heim.

Hast doch gar keinen Plan, wie's da abgeht, ey." Der Papagei würfelt beleidigt.
„Ich wäre aber nicht so oft abgehauen, dass man mich deswegen gleich in die Klapse schickt, Süße."
„Wie, du bist hier, weil du aus einem Heim abgehauen bist?", frage ich verwirrt.
„Was geht dich das an?"
„Hey, na sie kann jetzt aber auch nix dafür, dass dich deine Mutter hat sitzen lassen ...", stichelt Miss Psychiatrie weiter.
Der Papagei schaut nur noch böse. Der Affe kratzt sich am Kopf – man sieht die Schuppen rieseln. Für einen kurzen Moment herrscht eine unangenehme Stille.
Zum Glück kann ich würfeln und muss mich nicht am Gespräch beteiligen.
„Ach Mausi, mach dir nix draus", beendet Miss Psychiatrie das Schweigen. „Mit so einer Schlampe hat man eh nur Stress. Ich bin ja auch bloß hier, weil ich Stress mit meiner Ma hab ..."
Wegen so was kommt man in die Klapse? Dann bin ich hier aber nicht richtig, oder?

Die schlecht gelaunte Schwester platzt ins Zimmer – die, die ich für die Essensfrau gehalten habe. „Christin, kommst du mal bitte mit. Neurologische Untersuchung." Kleine Frau und doch so große Autorität. Hat was Einschüchterndes. Ihr Gesicht scheint fast ausschließlich aus den rot umrandeten Glupschaugen zu bestehen. Nase und Mund sind dagegen kaum sichtbar. Die Haut beängstigend blass.
Ich folge ihr durch den Flur, in dem zwei kleine Jungen Fangen spielen. „Auf dem Flur wird nicht rumgerannt", motzt die Einschüchternde. „Geht in den Garten, wenn ihr toben wollt."
„Die Tür ist ja zugeschlossen", entgegnet ein kleiner Zwerg mit Brille.
Die Schwester schaut genervt zur verschlossenen Gittertür. „
Dann spielt halt Karten oder so. Geht mir jedenfalls nicht auf die Nerven." Die Kinder ziehen beleidigt ab. Der mit der Brille zeigt der Einschüchternden heimlich den Stinkefinger. Ich grinse.

Wir gehen ins Schwesternzimmer, sie schließt die Tür hinter uns gleich wieder zu und zieht die Rollläden des Schaufensters runter. Dann bittet sie mich, meine Sachen abzulegen. Ich werde gewogen; außerdem werden meine Größe, mein Puls und meine Temperatur gemessen. „Na sieh mal einer an, achtunddreißig Grad. Hattest du die heute Morgen auch schon?"
„Keinen Plan. Aber mir ist auch schon den ganzen Tag schlecht. Könnte am Fisch liegen ..."
„Na, den hättest du ja nicht essen müssen", sagt sie. „Gut, das werden wir mal beobachten mit dem Fieber. Nicht, dass du mir die ganzen Patienten ansteckst. Das würde noch fehlen."
Ein Schlüssel kratzt im Schloss. Ich zucke zusammen, verschränke schnell die Arme vor der Brust. Es ist die Psychiaterin, die mich untersuchen soll. Die Arme lasse ich trotzdem verschränkt.
Als die Psychiaterin mich sieht, sagt sie: „Na, da haben wir dich doch." Sie lächelt scheißfreundlich und sagt zur Schwester: „Ich übernehme jetzt."
Ich mag die Frau nicht. Vom ersten Augenblick an. Sie hat mich vorhin im Flur schon so überschwänglich begrüßt, dass ich hätte kotzen können. Und jetzt macht sie schon wieder einen auf Witzbold des Tages. Frau Dachs heißt sie. Runder Kopf, fehlender Hals, tannenbaumartiger Körper. Zu allem Überfluss trägt sie eine Brille, die ihre Augen vergrößert, als würde man sie durch eine Lupe betrachten.
Und die Frau betatscht mich jetzt an allen erdenklichen Körperstellen. Dann testet sie meine Reaktion, indem sie mir immer wieder mit einem kleinen Hämmerchen aufs Bein schlägt, während ich ausgeliefert dasitze und mein Bein jedes Mal gegen meinen Willen nach oben schnippt.
Die Untersuchung geht weiter. Ich muss mit geschlossenen Augen auf einer Linie langgehen, mir an die Nase fassen und seltsame Verrenkungen machen – habe ich eigentlich schon erwähnt, dass mir schlecht ist? Ich versuche zu protestieren, indem ich schließlich wie eine Ziege meckernd „Nee-e-e", sage.
Daraufhin verschwindet ihre aufgesetzte Freundlichkeit. „Was ich sage, das machst du auch. Da gibt es gar keine Widerrede, Christin."

Jetzt leuchtet sie mir auch noch mit einer Taschenlampe in die Augen. „Sag mal, hast du was genommen, oder was? Gestern noch mal schön einen gekifft, hä?"
„Nein, natürlich nicht", sage ich verwirrt.
Noch einmal die Taschenlampe. „Und wo kommen dann bitte die großen Pupillen her?"
„Weiß ich doch nicht."
„Es kommt sowieso raus. Du brauchst nicht zu lügen."
„Ich nehme keine Drogen!"
Taschenlampe. Ich sehe nur noch gelbe Punkte. Nach dieser Prozedur und nachdem sie mich als „willenloses Wesen" bezeichnet hat, schleiche ich zurück ins Zimmer.

Ich rege mich beim Papagei und bei Miss Psychiatrie über die Untersuchung auf. Die beiden finden derbe Schimpfwörter für die Alte. Während wir so reden, beenden wir unsere begonnene Monopolyrunde. Dann klopft es. Ein kleiner Mann mit grauweißem Haar, eckiger Brille und einem Schnauzer, der aussieht, als würde er ihn alle zehn Minuten kämmen, kommt ins Zimmer. Der Oberarzt, wie sich rausstellt. Seine Schritte sind groß und schnell. Aus seiner Hemdtasche schaut ein Kuli. Sein Blick ist arrogant. Seine Augen dunkel und bedrohlich.
Wie eine Gänseschar läuft ihm sein Gefolge aus sechs Ärzten, Schwestern und Pflegern hinterher. Wir sitzen auf unseren Betten. Sie stellen sich im Halbkreis auf und glotzen teils Miss Psychiatrie, den Papagei und mich, teils den Oberarzt an.
Ein energiegeladenes Schweigen entsteht.
Scheint er zu genießen, dieser alte Sack.
Ah, er erbarmt sich, etwas zu sagen: „Na Sandra, und, wie haben wir uns benommen in der letzten Woche?"
Miss Psychiatrie kichert. „Wie immer."
Der Oberarzt zieht mit schmerzverzerrtem Gesicht Luft ein. „Gut, also weiterhin keine Fortschritte ... Meinst du, du kannst dich irgendwann an die Stationsregeln halten?"
„Nee, die sind mir zu blöd." Sie grinst ihn frech an.

Die Dachs schüttelt pikiert den Kopf, das Haarmodel verdreht die Augen.
Der Oberarzt atmet durch. „Schade, ich dachte, wir werden dich bald los. Aber mit der Einstellung müssen wir dich wohl in drei Jahren noch ertragen."
Sie zuckt mit den Schultern. „Ist mir doch egal. Machen Sie, was Sie wollen! Sie Arsch!" Es folgt ein überlegenes Lächeln.
„Gut, ich sehe schon, das Gespräch führt mal wieder zu nichts ..."
Er wendet sich dem Papagei zu. „Und, wie geht es uns so, Marlene?"
„Ja, ja." Sie wirkt nicht so selbstsicher wie Miss Psychiatrie. Sitzt zusammengekauert da.
„*Ja, ja* – interessant. Und wie hast du dich so benommen, letzte Woche?"
„Immer wieder die gleichen Fragen – denken Sie sich mal was Neues aus."
„Keine Antwort?"
„Nee." Sie prustet los.
„Voll fett, ey, Alte!" Miss Psychiatrie deutet eine Gib-mir-fünf-Geste an.
Der Oberarzt schüttelt den Kopf. Er bewegt sich vom Fenster weg und stellt sich vor mein Bett – das erste in diesem Raum.
Ich weiche seinem prüfenden Blick aus. Sitze mit angewinkelten Beinen da – meine Arme fest um sie geschlungen.
„So, und du bist dann wohl Christin ... Schon eingelebt?"
Ich lächele gequält. Die Blonde nickt mir aufmunternd zu.
„Gut, Christin ... Nachher sprechen wir uns noch mal."
Er verlässt schnellen Schrittes den Raum.
Seine sechs weißen und blauen Gänse watscheln ihm flink hinterher.
Ich kann mich dem befreienden Gelächter von Sandra und Marlene nur anschließen, das entsteht, als diese kleine Privatvorstellung vorbei ist – wenn auch nur aus Unsicherheit.

Kapitel 3:

Das Oberarzt-Verhör

Ich bin jetzt seit knapp fünf Stunden in der Klapse. Meine Zimmergenossinnen haben vier Stunden Ausgang – heute ist Mittwoch, langer Besuchstag. Ich darf die Station noch nicht verlassen, liege allein im Zimmer und habe mir ein Buch geschnappt.
Als ich es mir gerade bequem gemacht habe, höre ich jemanden „Hey ... Hallo, du da“ rufen.
Ich frage mich, wo die Stimme herkommt.
„Hallo? Ja, du da im Bett.“
Verwundert schaue ich mich um und sehe ein Mädchen am Fenster. Ihre roten Haare gehen ihr bis zu den Ohren, sie hat blasse Haut, ein längliches Schlangengesicht, große grüne Augen und wirkt total irre. Ich tue so, als hätte ich sie nicht gesehen und lese betont konzentriert weiter.
Doch sie hört nicht auf, hämmert gegen das Fenster. „Hey, jetzt komm doch mal!“
Ich bleibe liegen.
„Kannst du Carola holen?“
Carola – die, die Dinge sieht, die nicht da sind? Nee, die will ich nicht in meinem Zimmer haben.
Ich sage genervt: „Nein. Und kannst du bitte gehen?“
„Du bist aber nicht sehr sozial.“
Ich höre einfach nicht mehr hin.
Sie schimpft weiterhin irgendwelchen Mist, dann: „Kannst du ihr wenigstens sagen, dass Mag da war ... Und dass ich heute Abend nicht kommen kann. Hörst du, Mag war da.“
„Okay, mach ich.“

„Ach, das machst du doch sowieso nicht ..."
Richtig.
Ein türsteherartiger Typ im blauen Kittel – vermutlich ein Pfleger von der anderen Station – schleicht sich von hinten an sie ran und hält sie fest. „Ach die Magdalena schon wieder ... Du kommst jetzt mit! Ach, und eine Flasche Wein haben wir auch bei uns. Das gibt dann wohl Stationsaufenthalt."
„Die Flasche ist gar nicht von mir!", Magdalena schmeißt sie runter, es knallt, sie hebt eine der Scherben auf und ritzt sich am Arm lang, bevor der Pfleger reagieren kann. Er hält ihre Hand fest und redet so lange auf sie ein, bis sie die Scherbe fallen lässt. Dann wird das Mädchen abgeführt.
Die Tür geht auf und ein Pfleger steht in meinem Zimmer. Zottelige, braune Haare, Topfschnitt, sein Mund ist zum bekifften Dauergrinsen verzogen. Er trägt ein Freundschaftsband am rechten Handgelenk. Wirkt wie ein totaler Ökofreak, dieser Typ. Bestimmt gerade erst zwanzig geworden.
„Tz, tz, tz ... Was ist denn hier los? Hier liegt man aber tagsüber nicht im Bett, Christin. Komm mal lieber mit raus in den Garten. Guck mal, es ist schönes Wetter. Die Vögel zwitschern, die Sonne scheint, das Leben ist schön ... Na ja, du weißt schon. Oder eben auch nicht."
Ich schaue ihn genervt an, sage: „Muss das sein?", und bleibe liegen.
„Ja, das muss sein."
Ich seufze. „Natürlich."

Im Garten, der sich am Ende des Flurs befindet, sitze ich auf einem dunkelgrünen Plastikstuhl und sage kein Wort. Ein kleiner Junge mit viel zu großer Brille, die immer wieder seine Stupsnase runterrutscht, sitzt am Tisch und baut Kartenhäuschen. Sein Gesicht ist zu erwachsen für sein Alter. Aus seinem T-Shirt schauen zwei magere, braun gebrannte Arme raus. Am anderen Ende des Tisches sitzt ein blondes Mädchen – vermutlich in meinem Alter – und unterhält sich mit dem Öko, der rechts neben mir sitzt – oder besser gesagt entspannt zurückgelehnt in seinem Stuhl rumlümmelt, während ihm die Sonne ins Gesicht strahlt. Auf der Steintischtennisplatte hockt ein geistig behinderter Junge mit kurzem blondem Haar – etwa achtzehn Jahre alt, schätze ich. „Sag ma' Ausrufezeichen, sag ma' Ausrufezeichen!“ verlangt er immer wieder vom Pfleger und wenn der Pfleger es sagt, lacht der Junge und freut sich, indem er die Hände wild aneinander klatscht. Er trifft sie nicht immer, wodurch es eher wie ein Rumfuchteln aussieht. Ich mag ihn irgendwie. Der gesamte Garten ist von einer hohen Hecke umgeben. Wenn ein Auto vorbeifährt, flackern die winzigen Zwischenräume der Hecke. Durch sie kann man ein paar Blicke auf die Außenwelt erhaschen. Insgesamt ist es eine ruhige Gegend. Das heißt: Hier fahren nicht viele Autos vorbei. Auch wenn das Ganze vielleicht idyllisch wirkt, so sind wir alle hier – der behinderte Junge auf der Tischtennisplatte, das blonde Mädchen, das sich mit dem Pfleger unterhält, der kleine, dürre Junge, der Kartenhäuschen baut, ich und alle, die sonst noch hier sind – eingesperrt, in einem Gefängnis aus grünen Hecken und Psychiatriezimmern.

Eine weitere Gefangene gesellt sich zu uns. Carola – die, die ich vorhin zu *Mag* holen sollte. Sie hat ein breites, buntes Haarband auf dem Kopf, um ihre krausen schulterlangen Haare zurückzuhalten. Carolas Stimme ist nicht mehr so leise wie vorhin im Speisesaal. Sie setzt sich schwungvoll neben mich auf den Stuhl und sagt: „Manisch-depressiv ...“ Anschließend ein Seufzer.

Die Blonde am Ende des Tisches mustert mich kurz, wendet sich schnell wieder dem Pfleger zu, als ich zurück mustere.

Carola schaut mich an. „Und, was machst du da so, wenn du manisch bist?“

„Alles Mögliche.“ Ich zucke gleichgültig mit den Schultern.

„Ja, ich kann mir das genau vorstellen!“, Carolas Augen glänzen. „Da rennst du sicher von einer Party zur nächsten, tanzt auf den Tischen, schreist in die Nacht hinaus, wie geil das Leben doch ist, hast wilden Sex mit noch wilderen Typen, machst total unvernünftige Sachen, hast immer das letzte Wort ...“ Sie atmet bewundernd durch. „Hach – auf Droge könnt ich mir das auch gut vorstellen ...“

Ich bin knallrot. Wie ist die denn drauf?

Der Öko reagiert gereizt: „Jetzt hör doch endlich mal mit deinen blöden Drogen auf, Carola! Wir wissen alle, warum du hier bist. Da brauchst du nicht auch noch stolz drauf zu sein!"
„Ich will aber nicht aufhören", Carola grinst ihn provokativ an. „Ich beneide die da ...", sie zeigt auf mich. „Die braucht keine Drogen, der ihr Gehirn macht das ganz allein. Und wenn ich wieder auf Droge -"
„Es ist jetzt gut, Carola. Jeden Tag das Gleiche. Guck dich doch mal an, guck doch mal, was diese Scheiße aus dir gemacht hat." Er wendet sich von ihr ab. „So, wir spielen jetzt was."
„Ja, cool!", freut sich der Kartenhäuschenjunge. „Das mit den Bausteinen?"
„Von mir aus."
Der kleine Junge wischt sein schiefes Kartenhäuschen mit einer Handbewegung weg und zieht hektisch einen Spielkarton unter dem Tisch hervor. Dann packt er gewissenhaft die Spielutensilien aus: ein paar Bausteine in verschiedenen Farben, viele, viele Kärtchen und eine Stoppuhr.
Er schaut mich über seine Brille hinweg an – auch diese Geste erinnert eher an einen Großvater, als an einen Neun- oder Zehnjährigen. „Spielst du mit?"
Ich zucke mit den Schultern.
Der Pfleger deutet das als Zustimmung. „Carola, was ist mit dir?"
Sie lehnt sich zurück, lacht arrogant und zeigt dem Öko den Vogel. „Bin ich fünf, oder was? So eine Scheiße spiel ich nicht." Ihr buntes Top flattert im Wind.
„Dann kannst du eigentlich auch rein gehen, Carola."
Carola bleibt sitzen und starrt überheblich in die Luft. Sie kann es sich nicht verkneifen, immer wieder abfällige Bemerkungen dem Pfleger gegenüber loszulassen.
Ich finde das Spiel ganz okay – in einer begrenzten Zeit muss man möglichst viele Türmchen nachbauen, die auf kleinen Karten abgebildet sind. Allerdings machen mich die hektischen Bewegungen noch unruhiger, als ich ohnehin schon bin.
Von entspannten Gesprächen mit den anderen im Garten bin ich so weit entfernt wie eine Kuh vom Salsa tanzen.

Das Haarmodel kommt in den Garten. Sie holt mich zum Oberarztgespräch ab. Reicht es denn nicht für heute? Die ganze Zeit nur: Gespräch, Gespräch, Gespräch. Und das, wo ich so ungern spreche. Ich folge ihr in den Aufenthaltsraum und trete unsicher ein.
Es riecht nach Erbrochenem. Vier Weißkittel sitzen an einem runden Tisch. Ich setze mich auf den einzigen freien Stuhl. Auf der einen Seite, rechts neben mir, sitzt der Oberarzt und mustert mich abwertend; auf der anderen Tischseite befinden sich die Dachs (beängstigend durch ihre Lupenbrille schielend), die Blonde (ausdruckslos) und die Schwangere (ebenfalls ausdruckslos.) Ich verschränke meine Arme und schlage die Beine übereinander. Dabei stoße ich mich am Tischbein, was sich kurz in meinem Gesicht widerspiegelt. Ich reibe unauffällig über den schmerzenden Zeh.
Immer noch kein Wort. Nervös lasse ich mein Kaugummi im Mund kreisen. Streiche mir eine Haarsträhne aus dem Gesicht. Verschränke meine Arme schnell wieder vor der Brust. Jetzt macht schon was! Was soll das denn?
„Kannst du mir sagen, was für ein Tag heute ist, Christin?“
Ich schaue den Oberarzt verdutzt an. „Mittwoch.“
„Datum?“
„Hm. Also wir haben auf jeden Fall Juli, aber welchen genau? Kein Plan.“
„Wo wohnst du?“
Ich sage es ihm. Schon wieder die Haarsträhne. Ich streiche sie weg.
„Schule?“
Ich sage es ihm. Hält der mich für total bescheuert?
„Straße der Schule?“
„Weiß ich nicht. Was wird das hier?“
Lange Pause. Er lehnt sich in seinem Stuhl zurück.
„Erzähl doch mal kurz, warum du hier bist.“
Alle starren mich an.
„Weil ich auch manisch-depressiv bin.“
Er runzelt die Stirn. Schaut mich wieder extrem lange an, bevor er etwas sagt. „Warum meinst du denn, *auch* manisch-depressiv zu sein?“

„Weil meine Mutter diese Erkrankung hat."
„Gut, du sagst also, dass deine Mutter manisch-depressiv ist. Kannst du mir einmal beschreiben, wie das so ist, wenn deine Mutter *manisch* oder *depressiv* ist?"
„Nein, kann ich nicht. Sie ist schon jahrelang relativ symptomfrei. Und an meine Kindheit kann ich mich nicht erinnern." Meine Stimme zittert.
Der Oberarzt lässt sich Zeit: „Aber eins verstehe ich nicht. Erkläre es mir bitte: Falls du wirklich nicht weißt, wie deine Mutter ist, wenn sie manisch oder depressiv ist, wie kommst du dann darauf, diese Krankheit zu haben?"
„Na, weil Frau Kant die Diagnose *manisch-depressiv* gestellt hat."
Die Dachs lacht. Macht sie sich über mich lustig?
Die Blonde und die Schwangere schreiben etwas auf.
„Ja, aber irgendwie muss es ja zu dieser Diagnose gekommen sein. Beschreibe doch mal kurz eine *Manie* oder *Depression*."
„Das habe ich doch heute Morgen schon erklärt ..." Ich versuche ruhig zu sprechen. „Entweder bin ich extrem traurig oder eben extrem aufgedreht."
„Hm, *traurig* und *aufgedreht* ... Ich lese hier, dass du seit den letzten zwei Monaten *Stimmungsschwankungen* hast. Und wie oft wechselt da deine Stimmung so?"
„Schauen Sie sich doch einfach mein Stimmungsprotokoll an." Ich deute auf den Tisch. Beim Reden neige ich dazu, wild zu gestikulieren. Angeblich soll so etwas selbstsicher wirken. Bei mir unterstreicht es die Unsicherheit.
Der Oberarzt schaut auf den Tisch und nimmt das Protokoll. Ein karteikartengroßes, grünweißes Heftchen. Er blättert es auf. „Oh, das sind ja wirklich beträchtliche *Stimmungsschwankungen* ..." Ist da ein ironischer Unterton? „Na dann wollen wir doch mal schauen, was du da so rein geschrieben hast, bei den Stimmungstiefs." Er wischt sich ein Körnchen aus dem Augenwinkel, reibt es anschließend zwischen Daumen und Zeigefinger. „Ach Gott, am 29.06. gleich zwei *Nervenzusammenbrüche*. Das klingt natürlich schlimm. Wie sieht das denn aus, wenn du einen *Nervenzusammenbruch* hast?"

„Na ich weine und lache dabei hysterisch, schlage gegen die Wände, sinke irgendwo zusammen und will nicht mehr aufstehen. Denke, die Wände kommen auf mich zu und meine Gedanken überschlagen sich. Es ist scheiße, okay?“ Beruhige dich, du darfst nicht heulen!
„Gut.“ Pause. „Hast du Angst?“
„Ja, schon.“
„Wovor?“
„Na ja, davor, die Kontrolle zu verlieren ... über mich. Davor, was ich mache, wenn ich in meinen extremeren Phasen stecke.“
„Und das, wo du nicht mal sagen kannst, was du in diesen Phasen machst ... Noch andere Ängste, außer *vor dir selbst*?“
„Nein.“ Ich könnte ihm den Hals umdrehen.
Er verdreht die Augen. „Nun gut.“ Der kleine, knochige Mann zupft an seinem geschniegelten Bart herum. „Ist es dir schon mal passiert, dass du auf einmal an einem Ort warst und nicht mehr wusstest, wie du hingekommen bist?“
„Ist uns das nicht allen schon mal passiert?“
„Hast du schon mal dran gedacht, dich umzubringen, Christin?“
„Ja ... schon.“
„Und hattest du da genaue Pläne? Was genau wolltest du machen? Wie sahen deine Überlegungen aus? Genau bitte.“ Seine Augen blitzen auf. Psychopath, oder was?
„Ist das nicht egal? Warum sollte ich jetzt davon erzählen?“ Ich streiche mir durchs Gesicht. „Das würde mich doch nur noch weiter runterziehen.“
Er antwortet nicht. Schaut weiter auf mein Stimmungsprotokoll. „Ach, trinken tust du auch ...“
„Ja, aber nicht oft.“ Nur ab und zu mal ein, zwei Fläschchen Wein.
„Und rauchen.“
„Ja verdammt, ist doch nicht verboten, oder?“
Er legt das Stimmungsprotokoll zurück auf den Tisch. Selbstgefällig streicht er an seinem Kinn lang. „Und bist du in der Schule durch deine *Stimmungsschwankungen* beeinträchtigt?“
„Ähm, ja schon. Kann mich halt oft nicht konzentrieren.“
„Und was sagen deine Lehrer dazu?“

„Was sollen die schon dazu sagen? Die bekommen das nicht mit ... Ich bin eine unauffällige Schülerin. Viele wissen nicht mal meinen Namen."
Er lacht. „Wie soll das denn bitte *nicht* auffallen, Mädchen?"
„Na ja, kann sein, dass meine Lateinlehrerin was gemerkt hat. Sie hat mir mal eine Sechs gegeben, weil sie mich drangenommen hat und ich einfach nix gesagt habe, weil ich nicht wusste, worum es geht."
„Und du meinst, das war ungerecht, dass sie so gehandelt hat?"
„Ähm ja ... oder nein. Weiß nicht."
„Du warst aber immer in der Schule, oder?"
„Ja." Ich streiche mir eine Haarsträhne aus dem Gesicht. „Bis auf die letzten Tage halt."
„Aha. Warum warst du da nicht?"
„Na ja, nachdem die Kant meinte, dass ich ... äh, Sie wissen schon ... Ich konnte halt nicht. Ich wollte nicht das die anderen was merken."
„Warst du vorher schon mal in psychologischer Behandlung?"
„Nein, das Gespräch mit Frau Kant war das erste."
„Und wieso erst jetzt, wenn es doch *so* schlimm war, wie du es schilderst?"
Ich lache auf. „Tja, wir dachten halt, wir schaffen es allein."
„Mit *wir* meinst du deine Mutter und dich?"
„Hm."
„Interessant. Und, was habt ihr da so gemacht, um es zu ‚schaffen'?"
„Na ja, Schlafentzug haben wir gemacht, zweimal."
„Schlafentzug." Lange Pause. „Wie kommt deine Mutter dazu, einfach *Schlafentzug* mit dir zu machen?"
„Warum sollte sie nicht einfach Schlafentzug mit mir machen?"
„Oh Mädchen, da gibt es tausend Gründe. Noch was, außer *Schlafentzug*?"
„Johanniskraut."
„Johanniskraut?" Er lacht ungläubig. „Und wieviel?"
Ich zucke mit den Schultern. „Zwei, drei am Tag – nach Bedarf halt."
„Zwei, drei am Tag. Nach Bedarf halt."
„Ja, verdammt. Sie müssen nicht alles wiederholen, was ich sage!"
„Und hat das was geholfen?"

„Na ja. Nicht wirklich.“ Ich starre zu Boden.
„Gut, Christin. Das war es erstmal. Du kannst jetzt gehen.“
Ich stehe wortlos auf. Als ich die Türklinke schon in der Hand habe, ruft mich die Dachs zurück.
Ich bleibe stehen, drehe mich nicht um. „Was denn jetzt noch?“
„Hast du eigentlich einen Freund, Christin?“
Ich lache. „Nein.“ Kopfschüttelnd verlasse ich den Raum.
Der Flur, die Leute, die Tür mit den Milchglasfenstern – das alles ist mir so scheiß fremd. Ich hab keine Ahnung, wie ich die nächsten Wochen überstehen soll.
Keiner ist in unserem Zimmer. Nur ‚Die wilden Kerle' starren mich von Sandras Poster aus an. Ich werfe mich ins Bett und drücke mir ein Kissen aufs Gesicht, damit mit man meine Heulerei nicht hört. Ich hasse es, ständig die Nerven zu verlieren.

„ESSEN!“ Die Tür knallt zu. Draußen ist Tumult.
Die Wurst auf meinem Teller schimmert abartig. Ich würge. Nichts kommt hoch. Der Affe, Miss Psychiatrie und der Papagei schaufeln das Essen in sich rein und führen ihre niveaulosen Gespräche mit vollen Mündern. Ein reges Krümel- und Speichelumherhüpfen. Ich kann nicht auf meinen Teller schauen. Wenn ich diese Wurst nur sehe ... Wieder würge ich. Bekomme Tränen in den Augen.
Die Einschüchternde schickt mich aufs Zimmer, stellt einen Kotzeimer neben mein Bett. „Wenn du brechen musst, mach das bitte da rein. Ich habe keine Lust, das nachher wegzuwischen.“
Ich nicke. Beiße mir auf die bebende Lippe.
„Ist wohl nicht so gut gelaufen, das Oberarztgespräch, hm?“
„Nee. Die glauben hier alle, ich habe kein Problem!“ Ich schluchze.
„Na ja, irgendein Problem wirst du schon haben, sonst wärst du ja nicht hier.“ Sie schaut mich mitleidig an, sagt „Ach Mädchen ...“ und verlässt den Raum.
Ich verkrieche mich unter der Decke.
Miss Psychiatrie und der Papagei kommen lärmend rein. Sie grölen „My heart will go on“ – dieses Titanic-Lied. Fallen übereinander her. Miss Psychiatrie schubst den Papagei auf ihr Bett und beginnt sie zu

kitzeln. Beide kreischen und betiteln sich mit „Mausi“, oder „mein Schmetterling“.
Der Papagei ruft – in meine Richtung: „Hey, du da, Christin, richtig? Was ist denn los?“
Ich antworte nicht. Stelle mich schlafend.
„Lass die in Ruhe. Der geht's scheiße“, sagt Miss Psychiatrie. „Überleg mal, wie es dir am ersten Tag ging.“
„Ach, ich war doch von Anfang an dabei.“
Miss Psychiatrie lacht. „Vergiss es – Du hast die ersten Tage im Bett verbracht und mich noch angeschnauzt, als ich gefragt habe, ob du mit Titanic guckst, Alte.“
„Wurscht.“
„Ey, sag mal, Mausi, Ken, die alte Larve ist auch immer nur am Klauen, oder? Der hat doch immer noch meinen Stift. Voll fett, ey.“
„Na los, den holen wir uns. Der spinnt wohl?“
Die Tür knallt zu. Wenig später macht sie jemand auf, tippelt zum Schrank und geht wieder.
Ich versuche mich ein wenig abzulenken und nehme ein Buch in die Hand. Bin inzwischen auf Seite dreißig angekommen, habe aber keine Ahnung, worum es geht, also lasse ich es bleiben.
Ich schalte das Licht aus. Liege wach. Wie immer.
Wie konnte es nur so weit kommen, dass ich in der Klapse lande? Hätte ich mich umgebracht, müsste ich nicht hier sein. Ich habe viel zu lange gezögert. Viel zu lange ...
Die Tür springt auf. Ich zucke zusammen.
Drehe mich auf den Bauch.
„Oh Rose ... Spürst du, wie der kalte Wind in deinen Haaren weht?“
„Ja, Jack, ich spüre es.“
„Oh Rose – ich werde dich immer lieben.“
„Oh Jack ...“
Soll wohl ein Dialog aus Titanic sein.
Sie kichern. Schritte. Quietschen vom Bett. Ein Klicken.
„Sonnenbank Flavour, letztes Jahr angezeigt, Tunis, Goldrapper, Blaues Licht, Rambo 3, Cordon Sport, Massenmord, Schutzgeld, Paytime ...“ – Bushido, oder wie der Typ heißt.

Schranktür quietscht. Knall. Tür geht auf.
Dümmliche Stimme: „Kommt ihr mal?"
Aufgekratztes Gelächter: „Och, der Kenniboy hält's keine zwei Sekunden ohne uns aus ..."
Schritte, die sich entfernen. „Na los, gucken wir weiter!"
Klick. Musik aus. „Warte!" Quietschen der Schranktür. Ein Knall.
„Ob die pennt?"
„Ja, sieht so aus." Knall. Tür zu.
Ich bin wieder allein.
Leider nicht lange. „Ey, die Fotze kann doch nicht einfach den Fernseher ausschalten. Jetzt weiß ich ja gar nicht, wie es ausgeht."
„Mausi, du hast den Film schon zehnmal gesehen."
„Hast ja recht. Ach, der Leonardo, ist aber auch zu süß ... Los, Mausi, sei mein Leonardo!" Gekicher. Ein quietschendes Bett. Wilde Fantasien in meinem Kopf. Die Türklinke klickt.
„Ab ins Bett, jetzt ..." Tür zu.
„Ich putze jetzt – Voll fett, ey." Lachanfall. Viele dumpfe Geräusche. Ich drehe mich auf die Seite, blinzele leicht. Miss Psychiatrie schmeißt alles, was auf dem Tisch liegt, zu Boden. Super, was wird das jetzt? Sie wischt mit der Hand einmal über die Tischplatte. Der Papagei stellt Musik an. Klingt nach ‚Mallorca-Hits'
Miss Psychiatrie tanzt durchs Zimmer, wackelt mit den Hüften und macht großzügig einen Bogen um das Zeug, das sie auf den Boden verteilt hat.
Der Papagei putzt sich die Zähne. Hat Zahnpasta an der Nase kleben, als sie schreit: „Ey, wenn wir wegen dir morgen früh wieder keinen Ordnungspunkt kriegen, dann bring ich dich um!"
Miss Psychiatrie tanzt auf sie zu – nimmt sie an die Hand und bewegt sie mit sich zur Musik. Der Papagei befreit sich bockig aus ihrem Griff. Sie guckt als hätte sie Tollwut und explodiert fast: „Jetzt reicht's, Schlampe! RÄUM DEN MIST JETZT ENDLICH WEG!"
„Aber klar doch, mein Schmetterling. Reg dich nicht immer so auf."
Sie schmeißt all die Sachen, die sie auf dem Fußboden verteilt hat, einfach wieder ungeordnet auf den Tisch. Dann hüpft sie zum Kleiderschrank, zieht sich ein kurzes rotes Kleid mit schwarzen

Punkten an, setzt sich aufs Waschbecken und schminkt sich. Vorm Fenster zieht sie ihr Kleid wieder aus. Sie trägt jetzt nur einen Slip. Jemand läuft vorbei. Sie präsentiert sich ihm, erntet einen anerkennenden Pfiff und streift sich das nächste Kleidchen über.
Mein Mund bleibt offen stehen. Der Papagei starrt sie wütend an.
„Wenn du nicht sofort aufhörst, lass ich dich in die Gummizelle stecken!"
Miss Psychiatrie beachtet sie nicht. Der Papagei tobt, als Miss Psychiatrie laut loslacht und dabei auf mich zeigt. „Guck mal, wie die daliegt, Alte. Voll fett, ey."
„Wie liege ich denn da, hä?"
Mist, jetzt wissen die, dass ich nicht schlafe.
Der Papagei deutet auf Miss Psychiatrie. „Rette mich, die Fotze da, hat voll einen Schuss weg!" Sie tut so, als würde sie vor Angst zittern.
„Ich merk schon. Aber das ist hier jetzt nicht jeden Abend so, oder?"
Miss Psychiatrie prustet los. „Ach, ist doch noch harmlos heute."

Kapitel 4:

Der zweite Tag

Der Öko kommt mit wippenden Haaren ins Zimmer gelaufen. Er singt „Guten Morgen, guten Morgen, guten Morgen Sonnenschein – diese Nacht bleibt dir verborgen, doch du darfst nicht traurig sein“, reißt dabei die Vorhänge auf und zieht Miss Psychiatrie die Decke weg.

„Sie Wichser! Lassen Sie mich schlafen. Habe keinen Hunger. Voll fett, ey.“

„Ich wünsche dir auch einen schönen guten Morgen, Sandra.“

Er verschwindet.

Auf dem Weg zum Klo fängt mich das Haarmodel ab, weil sie noch eine Urinprobe von mir brauchen. Als das nach mehreren Versuchen geklappt hat, will ich zum Frühstück, doch wieder werde ich abgefangen. Mein Blut muss noch abgenommen werden. Klasse. Wenigstens wissen die dann, dass ich clean bin. Jetzt will ich aber wirklich frühstücken gehen – aber nein, ob ich gestern Stuhlgang hatte, will die Schwester auch noch wissen. Ich schäme mich in Grund und Boden. Als die endlich fertig mit mir sind, ist der Speisesaal schon fast leer. Der kleine Kartenhäuschenjunge stochert auf seinem Teller rum. Das blonde Mädchen aus dem Garten sitzt allein am Tisch und schreibt etwas in ein kleines Buch.

Mein Tablett steht in der Luke. Das Rollo des Ausgabefensters ist geschlossen. Ich nehme meine zwei Körnerbrötchen und eine Tasse Früchtetee und setze mich an den dritten Tisch. Jetzt sitzen drei Leute in einem Raum, auf drei Tische verteilt, und sagen kein Wort zueinander.

Der Kartenhäuschenjunge verschwindet, nachdem er seinen Teller

weggestellt hat. Das blonde Mädchen legt ihr Büchlein weg und starrt genervt auf ihre Uhr. Sie trommelt nervös auf dem Tisch rum, ihre Beine treten auf der Stelle.
Ich stelle mein Tablett in die Luke und frage: „Warum sitzt du denn hier allein?“
Sie zuckt mit den Schultern. „Weil ich muss.“

Ich lege mich ins Bett und setze meine großen Kopfhörer auf, um das dumme Gequatsche der anderen und diese Rap-Scheiße nicht ertragen zu müssen. Die spielen schon wieder Monopoly. Scheint hier Alltag zu sein.

„Voll fett Alte, du schläfst aber viel. Gibt Mittag.“
Nach dem Essen will ich schnell wieder ins Zimmer und weiterschlafen. Die blonde Psychologin, Frau Kolb, hält mich auf. „Bleib mal noch kurz hier, Christin. Es ist Mittagsrunde.“
Sie lächelt aufmunternd.
Also gehe ich zurück in den Speisesaal. Der Kartenhäuschenjunge sitzt als Einziger noch vor seinem Teller. Miss Psychiatrie, der Affe und der Papagei feuern ihn an, indem sie „Felix! Felix! Felix!“ rufen und eine La-Ola-Welle nach der anderen machen. Der Kleine verschluckt sich vor Lachen. Der Öko glotzt wie eine alte Oma aus dem Essensausgabefenster; das Haarmodel sitzt gähnend auf dem Sofa.
Der Kartenhäuschenjunge ist fertig, die *Mittagsrunde* kann beginnen. Jeder soll sagen, wie es ihm heute geht und was er heute noch vorhat.
Der Kartenhäuschenjunge fängt an. „Also, mir geht es gut. Und ich habe nachher noch Ergo. Das wird cool.“ Er lächelt.
Miss Psychiatrie: „Passt schon und passt schon. Der Nächste bitte.“
Der Papagei und der Affe haben einen Lachanfall und können deshalb nicht antworten.
Ich bin dran. „Mir geht’s nicht gut. Ich bin müde und traurig. Meine Freunde fahren gerade ohne mich in den Urlaub“, ich schlucke. „Ich werde mich jetzt ins Bett legen und weiterschlafen. Ist doch eh alles für‘n Arsch.“
Frau Kolb will mich nach der Mittagsrunde sprechen.

Ich folge ihr genervt. Es trennen uns nur noch eine Glastür und eine hellblaue Gittertür vom Garten. Frau Kolb schließt die Glastür auf, wir stehen in dem kleinen Raucherbereich, wo der Affe als Einziger abends unter Beobachtung eine qualmt.
Frau Kolb schließt nun auch die Gittertür auf. Ich komme mir vor wie im Hochsicherheitstrakt.
Die Sonne scheint. Ich könnte kotzen vor Wut, weil ich hier auf einem dämlichen Plastikstuhl in der Klapse hocken muss, statt entspannt am See zu liegen.
„Dir geht's nicht so gut, Christin, hm?"
Ich zucke mit der Schulter.
„Konntest du dich wenigstens schon ein Stück weit hier einleben?"
Ich starre auf den Boden.
„Du bist heute nicht sehr gesprächig."
„Ich will einfach meine Ruhe. Aber ..."
„Was aber?"
„... die habe ich nicht. Die zwei in meinem Zimmer gehen mir einfach übelst auf den Keks."
„Das verstehe ich, du musst dich eben erst einmal ein Stück weit an die neue Situation hier gewöhnen. Aber ich denke, dass dir Sandra und Marlene gut tun werden – die sind so schön bodenständig; sagen, was sie denken. Das andere Mädchenzimmer ist da schon eher ... problemorientiert."
„Klasse."
Sie streicht sich eine Haarsträhne hinters Ohr. „Hast du das Oberarztgespräch gestern denn ein Stück weit verkraftet?"
„Passt schon. Anstrengend halt." Ich beobachte eine fette Fliege. Sie macht einen Sturzflug, landet auf dem Tisch, krabbelt rum, schwirrt wieder ab. Einfach wegfliegen, das wär's.
„Wir haben bemerkt, dass es anstrengend für dich war." Sie lächelt. Kurzer huschender Blick, dann: „Der Oberarzt ist auch ein schwieriger Mann. Du kennst doch sicher Dr. House, oder?"
Ich nicke.
„So in etwa ist er auch. Fachlich kaum zu übertreffen, aber auf menschlicher Ebene, na ja ... Aber pst – ich hab' nichts gesagt."

Sie hält sich den rechten Zeigefinger vor den Mund. Ein kleines Lächeln huscht über mein Gesicht. Ist doch ganz niedlich die Frau. „Aber du kannst dich entspannt zurücklehnen, Christin. In Zukunft werden wir zwei zusammenarbeiten." Sie lächelt. „Wir zwei werden uns in den nächsten Tagen ein Stück weit kennenlernen, du wirst noch ein paar Fragebögen ausfüllen und dann schauen, wie wir dir helfen können."

„Wann geht das mit den Tabletten los?"

„Mach dir darüber mal keine Gedanken, Christin. Wir wollen die Diagnose manisch-depressiv erst einmal überprüfen, bevor wir mit Tabletten anfangen."

Ich runzele die Stirn. „Und was passiert dann jetzt mit mir?"

„Vorerst nichts weiter. Komm erst mal ein Stück weit an."

„Ich langweile mich hier aber zu Tode."

„Dann beschäftige dich doch ein bisschen mit den anderen."

Ich verdrehe die Augen.

„Siehst ja nicht so begeistert aus. Heute Nachmittag wirst du das erste Mal Ergotherapie haben, das ist bestimmt was für dich. Auf jeden Fall möchte ich dich bitten, nicht die ganze Zeit im Bett zu liegen und zu schlafen. Davon wird es auch nicht besser."

Ich zucke mit der Schulter, Frau Kolb beendet das Gespräch und ich gehe pennen.

Nach der Mittagsruhe greift mich die Ergotherapeutin auf dem Flur auf. Sie stellt sich als Frau Werner vor, hat gräuliche Haare, die sie zu einem losen Pferdeschwanz zusammengebunden hat, und eine Brille mit Goldrand. Sie sucht ewig nach dem richtigen Schlüssel, hält mir dann die Tür mit den Milchglasfenstern auf. Ich folge ihr. Wir gehen durchs Treppenhaus, dann die alte Steintreppe runter und durch ein Gartentor in so ein kleines Holzhäuschen, in dem die Werkstatt eingerichtet ist. In der Werkstatt sitzt ein Mädchen mit einem kastanienbraunen Bob. Sie stellt sich mir als Praktikantin vor. Auch sie trägt – was für ein Wunder – eine Brille. Außer der Ergotherapeutin, der Praktikantin und mir sitzt keiner an der langen Holzwerkbank.

„Habe ich ganz allein Ergo?", frage ich irritiert.

„Hättest du gern jemand bei dir?", fragt Frau Werner.
„Nein, nein. Ich frage ja nur. Wenn meine Mutter in der Klapse war, bin ich oft mit ihr beim Töpfern gewesen. Und da waren immer ganz viele Leute."
Frau Werner lächelt mitleidig. „Hier handhaben wir das so, dass nur ein oder zwei Patienten gleichzeitig Ergo haben. Sonst wird das zu unruhig. Schau dich ruhig mal um, Christin, und such dir was aus, was du machen willst."
Die Schränke sind unordentlich eingeräumt. Zeug zum Filzen, Buntpapier, verschiedene Farben, Stifte und Pinsel, Holzstückchen, Specksteine, Material zum Korbflechten, Perlen und Ton.
Ich nehme mir ein Stück Ton und setze mich an den Tisch. Erst überlege ich, einen Aschenbecher zu töpfern, weil meine Mutter das immer gemacht hat, entscheide mich dann aber doch für eine Tasse; aber so recht gelingt mir das nicht. Frau Werner und die Praktikantin fragen mich beim Töpfern aus – es scheint mir, als würden sie die Kategorien in einem Poesiealbum abarbeiten.
Zuerst fragen sie nach meinen Hobbys, ich sage, dass ich Theater spiele, male, zeichne und gern schreibe; woraufhin sie schmunzelnd feststellen: „Ah, eine Kreative."
Ich lächele unsicher.
„Und, bist du einer richtigen Theatergruppe?", fragt Frau Werner dann und ich nicke.
„Wir arbeiten gerade an einem Stück. Aber ich weiß nicht, ob das noch was wird." Ich knete wütend den Tonklumpen durch.
Frau Werner legt mir eine Hand auf die Schulter. „Warum denn das?"
„Na ja, kommt halt nie jemand zu den Proben außer mir. War mal anders, als alles angefangen hat – da war der Raum immer voll und alle waren gut drauf." Ich zucke mit der Schulter. „Was soll's. Dinge ändern sich halt."
Die Therapeutin lächelt und meint, dass wir das schon hinkriegen würden mit dem Stück. Dann sortiert sie Sachen im Regal und die Praktikantin fragt mich nach meiner Lieblingsmusik, meinen Lieblingstieren, meinen Lieblingsfächern und meinen Lieblingsfilmen, während sie stinkende Wolle in Seifenwasser taucht und

ständig unbeholfen lacht. Ich bin froh als Frau Werner irgendwann erschrocken feststellt, dass ich schon seit zehn Minuten wieder zurück auf Station sein müsste. Ich will gerade aus der Tür gehen, als sie sagt: „Warte Christin, ich bring dich. Du darfst noch nicht alleine gehen. Ist Vorschrift.“

Kapitel 5:

Die sexuelle Verwirrung

Als ich von der Ergotherapie wiederkomme, spielen sie in meinem Zimmer immer noch Monopoly. Ich steige ins Spiel ein. Es klopft zaghaft, die Tür geht auf. Ein Mädchen steht etwas ratlos in der Türöffnung. Sie ist sehr dünn, trägt ihr hellblondes Haar zum Pferdeschwanz. Ihr Gesicht ist symmetrisch, ihre Augen sind blau – man könnte sagen, sie erfüllt die Schönheitsideale. Zahnspange und kleine Pickelchen verraten, dass sie erst fünfzehn ist. Sie stellt sich als Andrea vor und fragt, ob sie sich zu uns setzen kann. Ich winke sie enthusiastisch ins Zimmer. Sie setzt sich. Ich schiebe ihr den Karton mit den Spielfiguren zu. „Hier – such dir eine aus!"
„Ach ich möchte eigentlich nicht mitspielen", sagt sie.
„Okay, dann halt nicht – So, bin ich schon wieder dran, oder was? Also nee, du hast jetzt nicht wirklich die grüne Straße gekauft, oder? Ey, du siehst doch, dass mir die noch fehlt." Ich verziehe mein Gesicht als müsste ich gleich losheulen und wimmere: „Nein, nein, nein – so was. Das kannst du doch nicht machen. Nimmt die mir einfach die Straße weg, die Alte, ey. Du bist so gemein." Alfredo, der Italiener mit der Schleimstimme – meine Lieblingsrolle – ist dran: „Wollen wire male nicht so sein – Okay, so ich kaufen Straße rot. Ich nicht brauchen, deine Straße grün, ich auch gewinnen so. Ha, ha, ha."
Andrea lacht. Der Papagei mustert mich und fragt: „Wie bist du denn drauf?"
„Wie ich denn drauf sein solle? Ich nur spielen Monopoly – hast du Problem damit, oder was? Ha – alles meine Kohle ... Na da du gucken blöd, hä?" Es folgt ein Siegertanz meinerseits.

Ich ziehe meine Show weiter ab. Spiele den Clown. Den trotteligen Clown, der nicht viel nachdenkt, bevor er spricht. Ich habe die Erfahrung gemacht, dass der Clown besser ankommt als die richtige Christin, also schlüpfe ich oft in die Rolle. Der Clown schafft eine Distanz zwischen mir und den anderen – mit dem Vorteil, dass die, für die ich ihn spiele, gar nicht mitbekommen, dass da eine Distanz ist.

Frau Kolb steht plötzlich im Zimmer, sagt zu Andrea und mir: „Da seid ihr zwei ja. Sexualtherapie fängt gleich an – kommt schon mal raus."

„Ach, kanne ich nicht noch eine bisschen Monopoly spiele?"

Frau Kolb grinst und mir wird bewusst, dass ich mit Alfredo-Stimme gesprochen habe. Ich räuspere mich und merke, wie ich rot anlaufe. Dann sage ich (wieder normal): „Ich meine, klingt ja nicht so spannend, das Ganze."

Frau Kolb lächelt. „Nee, nee, komm mal mit, Christin. Das wird dir sicher nicht schaden."

„Ach, seh ich aus, als ob ich so was nötig hätte?"

Der Papagei kichert los; Frau Kolb meint: „Dazu sag ich jetzt nix. Also in zwei Minuten im Flur." Sie zwinkert uns frech zu.

Wie ist *die* denn drauf?

Bei der Sexualtherapie sind außer mir und Andrea nur noch zwei andere von unserer Station: ein Typ, der wie ein Mädchen aussieht, und eine offenbar magersüchtige Schwarzhaarige. Die anderen hier kenne ich nicht – ein ziemlich heruntergekommen aussehendes Mädchen, ein Typ im Hip-Hop-Style und zwei Dicke, die kaum voneinander zu unterscheiden sind; dazwischen Frau Kolb und eine andere Therapeutin mit offenen Haaren und dunkelrot geschminktem Mund. Sie verkündet uns das heutige Thema: *Liebe.*

Liebe. Super. Mein Lieblingsthema.

Es ist etwa ein Jahr her, inzwischen.

Ich saß auf einem meiner Barhocker vor dem Fenster, starrte an die Wand. Sina saß auf meinem Sofa und starrte ebenfalls an die Wand.

Gestern hatte ich ihr über ICQ „Du Sina ...“, geschrieben, dann war ich aus dem Netz gegangen.
„Was sollte das gestern, mit dem ‚*Du Sina ...*‘“
„Ach, nix weiter. Vergiss es einfach.“
Sie lachte. „Scheiße, nix weiter. Ich habe gestern nicht besonders viel geschlafen ...“
„Warum? Waren die Nachbarn so laut?“ Ich wischte mir durchs Gesicht.
„Mach dich nicht lächerlich. Wegen *dir*, Chris, verdammt. Ich habe deine *Gedichte* gelesen, auf deiner Homepage ... Chris, jetzt sei ehrlich, scheiße, bist du in mich verliebt, oder was?“
An der Wand klebte eine Geburtstagskarte, die sie mir zum Vierzehnten geschenkt hat. Auf der Geburtstagskarte wünschte sie mir, dass ich mich so richtig verliebe. Beschissene Ironie. Ich schaute aus dem Fenster.
„Also doch, ja?“
Ich zuckte mit der Schulter. „Ich weiß es nicht, okay. Ich weiß es nicht. Vergiss es einfach.“ Eine Gruppe von Kindern lief über den Platz.
„Scheiße Chris. Wieso? Ich raff das nicht. Ich mein, dass du auf Frauen stehst, das war ja nie ein Problem für mich. Aber warum muss denn ausgerechnet ich das sein? So eine Scheiße.“
Ich konnte sie nicht angucken. „Ja.“
„Was, *ja?*“, schimpfte Sina. „Scheiße, du sitzt da, glotzt ausm Fenster und sagst nix, ich raff das nicht. Du tust hier grade so, als geht dich das alles überhaupt nix an. Als würde dich das nicht betreffen. Aber Chris, du hast mir geschrieben, dass du mich liebst – da kannst du doch nicht so tun, als wäre nix gewesen.“
„Mach ich doch gar nicht.“ Ich seufze. „Ich weiß doch auch nicht, ey ... Vergessen wir's einfach. Ich komm schon klar.“
„Schön. Ich komm aber nicht klar. Die Vorstellung ekelt mich an. Verstehst du?“
Die Kinder stiegen in den Bus.
„Wie lang geht das überhaupt schon?“
Der Bus fuhr ab, sie winkten irgendwem zu.

„Chris, wie lang?"
„Weiß ich nicht."
„Natürlich weißt du es."
„Ja, ich weiß es, aber es ist doch jetzt egal, oder?"
„Nein, ist es nicht. Ich will das jetzt wissen, verdammt noch mal."
Ich schwieg.
„Jetzt sag' schon!"
Ein neuer Bus kam an. Ein paar Omis liefen über die Straße oder saßen an der Bushaltestelle. Nicht viele, es war noch früh am Morgen. Ich sagte: „Seit Geiselwind." Wir waren dort gewesen, als ich gerade dreizehn oder vierzehn war, mit ihr und ihrer Familie im Kurzurlaub. Abends habe ich neben ihr im Bett gelegen. Wir haben fern gesehen. Unsere Arme haben sich berührt, weil das Bett so eng war. Ich war ihr so verdammt nah. Ich weiß nicht, was da mit mir passierte. Ich kannte das nicht. Ich war total durcheinander. Ich war plötzlich heiß auf meine beste Freundin. Wusste, dass das falsch war, aber auch, dass ich nichts dagegen machen konnte.
„Seit Geiselwind? Chris, das ist fast unsere gesamte Freundschaft. Wie soll ich mir das denn vorstellen? Hast du dir gedacht: Ach, jetzt freunde ich mich mal mit ihr an und irgendwann wird da schon mehr draus, oder was? Wolltest du mich die ganze Zeit nur rumkriegen?"
„Nein, so war das nicht ... Ich wusste, dass ich keine Chance bei dir habe. Außerdem war das nicht die ganze Zeit so. Nur immer mal – so phasenweise, halt. Ich weiß doch auch nicht."
„Seit fast zwei Jahren." Sie schüttelt den Kopf. „Wahrscheinlich hat meine Mutter Recht, wenn sie sagt, ich sei feinfühlig wie ein Panzerkreuzer."
Ich biss in ein Toastbrot. Es war kalt. Ich kriegte nichts runter.
„Und, war das auch der Grund für deine Depressionen, oder was? Bin ich daran auch schuld?"
„Quatsch. Das ist was ganz anderes. Das eine hat mit dem andern nix zu tun."
„Sagst du. Weißt du, Chris, ich hab' immer versucht, dir zu helfen. Aber ... scheiße ... ich bin ja offensichtlich selbst das Problem. Was soll ich denn da machen?"

Sie stand auf. „Das ist doch alles absurd. Ausgerechnet du musst dich in mich verlieben. Was ist bitte so toll an mir?“ Sie war schon an der Tür, als sie sagte: „So, ich geh dann mal.“ Sie lachte kurz, dann sagte sie ernst: „Wir sollten uns eine Weile nicht sehen, Chris. Eine ganze Weile.“
Dass alles noch schlimmer kommen würde, hatte ich da noch nicht geahnt.

„Christin, was ist nun?“ Alle schauen mich an. Ich bin wieder in der Psychiatrie. Es ist Sexualtherapie. „Und Christin, warst du nun schon mal verliebt?“ Frau Kolb schaut mich an.
„Was? Ich? Nee, ich war noch nie verliebt...“
Frau Kolb lächelt. Wissend, als hätte sie mich beim Lügen ertappt. Ich hatte ihr gestern beim Einweisungsgespräch etwas anderes erzählt – auf Drängen Mamas hin. Ich habe über die Geschichte mit Sina geredet. Aber ich habe auch klargestellt, dass ich manisch war und mir deshalb eingebildet hätte, in Sina verliebt zu sein. Sie kann sich also ihr überlegenes Lächeln sparen.

Inzwischen ist Nachtruhe, der zweite Tag geht endlich zu Ende. Ich habe meine Riesenkopfhörer auf, singe laut Roger-Cicero-Lieder mit und tänzele durchs Zimmer; schnappe mir eine alte Schachtel und meine Acrylfarben.
Ich setze mich an den Zwergentisch und breite meine Farben aus. Wahllos male ich Striche auf einen Pappkarton. Mit der linken Hand schlage ich dabei in der Luft den Takt zur Musik, mein Kopf wippt entsprechend mit. Ah – eine meiner Lieblingsstellen: „Wenn sie dich fragt, warum du denn der Frau da hinterher siehst, sag aus Mitleid, denn sie kommt nicht an dich ran ...“ Ich lache los, mache Headbanging. Dabei lasse ich Farbe aus der Tube auf den Karton spritzen. Der Papagei sagt was zu mir.
Ich lasse einen Kopfhörer vom Ohr rutschen, frage: „Was sagst du?“
„Ich habe gesagt: ‚Scheiße, jetzt bin ich mit zwei Verrückten im Zimmer.‘“
Ich kichere. „Verrückt.“

„Och du Arme“, jammert Miss Psychiatrie theatralisch. „Was machst du da eigentlich, Mausi?“ Sie kommt zu mir.
„Ich bemale eine Schachtel. Wonach sieht's denn aus?“ Und ich singe: „Ich wollt 'n Flitzer; Sie Caravan. jetzt fahren wir Bahn ... Und das Geheimnis unseres Glücks sind keine Kniffe, keine Tricks; man muss halt nur zu leben wissen mit Kompromissen ...“
Miss Psychiatrie mustert meine Schachtel. „Ey, kannst du mir die Titanic da drauf malen?“
„Ey“, ruft der Papagei vom Bett aus, „dann will ich die Schachtel aber haben, zum Schluss!“
„Das muss ich mir noch mal überlegen“, sage ich.
Miss Psychiatrie grinst. „Wenn du die meiner Mausi nicht schenkst, dann klau ich dir deinen Pinsel. Ha!“
„Na das wollen wir ja erstmal sehen.“ Wir kloppen uns kichernd um meinen Pinsel. Im Affekt landet ein Strich auf Miss Psychiatries Arm. Miss Psychiatrie schnappt sich den Pinsel und eh ich reagieren kann, hat sie mich damit schon im Gesicht erwischt. „Steht dir. Eindeutig.“ Sie streckt mir die Zunge raus.
Ich tauche einen anderen Pinsel in Farbe und setze zwei Punkte über den Strich auf ihren Arm. „Jetzt ist es ein Smiley.“
Miss Psychiatrie kichert. „Voll fett ey. Kannst du mir ein Tribal auf den Rücken malen?“
„Was für ein Ding?“
„Du weißt nicht, was ein Tribal ist? Wo kommst du denn her?“ Der Papagei zieht eine Augenbraue nach oben und guckt mich an wie ein Fisch.
„So, das ist 'n Tribal.“ Miss Psychiatrie präsentiert mir stolz ihre Kuli -Zeichnung auf der Tischplatte und zieht ihr T-Shirt aus. Im rosa Snoopy-BH steht sie vor mir.
Ich verwuschele mir die Haare. „Ach so. Ja. Dein Rücken. Stimmt. Ähm. Ja, dann leg dich mal hin, hm?“
Und da zieht Miss Psychiatrie auch schon ihren BH aus und legt sich auf den Boden. Oh, oh. „Mausi, wir brauchen Musik!“
Diesmal war der Papagei gemeint. „Was wollt ihr denn? Mallorca Hits, Silbermond, Bushido?“

„Silbermond, oder, was meinst du, Mausi?“ Miss Psychiatrie dreht sich zu mir um.
„Ach, jetzt wieder ich? Ähm, ja. Silbermond passt schon.“
Der Papagei dreht die Musik auf Disco-Lautstärke. Wir beginnen sofort mitzusingen, dabei male ich Miss Psychiatrie ihr ‚Tribal‘ auf den Rücken. Die lacht immerzu, weil der Pinsel kitzelt oder die Farben zu kalt sind. Der Papagei sitzt auf dem Bett und schreibt sich mit Kuli irgendwelches Emo-Zeug aufs Bein. Als ich fertig bin, springt Miss Psychiatrie auf und betrachtet ihr Tribal im Spiegel. „Nicht schlecht für den Anfang. Können wir ja jetzt jeden Abend machen.“ Ja, sie hat obenrum immer noch nichts an. Ja, mir ist das ein bisschen peinlich.
„Na los, Mausi, du bist dran.“ Sie wandert mit ihren kalten Händen unter mein T-Shirt und zieht es mir aus. Ja verdammt, jetzt bin ich ein bisschen geil. Schnell ziehe ich den Bauch ein und lasse mich in den Liegestütz fallen. Erst dann lege ich mich hin.
Miss Psychiatrie macht es sich auf meinem Hintern gemütlich (huch!) und lässt die Farbe direkt aus der Flasche auf meine Haut tropfen. Ich zucke zusammen. Gänsehautalarm! Nicht nur wegen der kalten Farbe.
Jetzt liege ich also bereits am zweiten Abend halbnackt auf dem Boden in der Psychiatrie. Ein wildfremdes Mädchen bekleckst meinen Rücken mit meinen sauteuren Acrylfarben, während wir aufgedreht lachen und uns gegenseitig dumm machen.
„So Süße, jetzt musst du mir nur noch sagen, wie dein Freund heißt und dann darfst du voll fett aufstehen.“ Miss Psychiatrie hat ihre Hände auf meinem Rücken abgelegt, während sie die Frage stellt. Ich hasse diese Frage.
„Ich habe keinen. Ich bin nicht so der Beziehungstyp.“
Miss Psychiatrie lacht auf. „Ach so, du hast mal einen dort und mal einen dort, richtig? Voll fett ey.“
„Ja, oder auch mal zwei gleichzeitig …“ Zum Glück liege ich auf dem Bauch und meine Haare verstecken mein knallrotes Gesicht.
„Wie, auch mal zwei gleichzeitig?“
Tja, selbst schuld Chris, jetzt musst du es erzählen.

„Hm, na ja, ich habe mal mit zwei Typen gleichzeitig rumgemacht. Unter einer Brücke im Park. Vor ein paar Wochen war das. Es hat geregnet und war schon dunkel. War halt manisch.“ Ich kann mir ein nervöses Kichern nicht verkneifen.
Miss Psychiatrie und der Papagei fast gleichzeitig: „Nee, echt?“
„Ja, echt.“
„Also ich hatte ja auch schon mal Gruppensex“, plappert Miss Psychiatrie, „aber unter einer Brücke ... nee, so was hatte ich noch nicht. Voll fett, ey.“
Der Papagei schüttelt grinsend den Kopf. „Nee, nee, nee, wenn man dich so ansieht, denkt man so was aber nicht. Du siehst ja total unschuldig aus. Oder, Mausi?“
„Auf jeden.“ Miss Psychiatrie klettert von meinem Hintern, kniet sich vor mich hin und schaut mir in die Augen. „Und, wie weit seid ihr da gegangen? Unter der Brücke, ey, ich fass es nicht.“
Ich weiche ihrem Blick aus. „Na ja, schon ziemlich weit, aber wir sind nicht aufs Ganze gegangen, falls du das denkst.“
Miss Psychiatrie schaut den Papagei an und prustet los: „Zwei Schwänze, auch nicht schlecht...“

Na ja, nein, eigentlich nicht, die haben ihre Hosen angelassen. Nur ich habe nach und nach alle Hüllen fallen gelassen. Ja verdammt – wirklich alle.
Dabei hatte es so harmlos angefangen. Ich war mit einem Kumpel und seinen Kumpels unterwegs, und als es zu regnen angefangen hat, haben wir uns unter eine kleine Brücke im Park gesetzt. Nach und nach sind die Leute gegangen, irgendwann lag ich mit meinem Kumpel und seinem Kumpel allein da – ich in der Mitte. Es war kalt, wir drückten uns immer näher aneinander. Fingen an, uns zu necken, uns in die Arme zu piksen, uns zu streicheln, uns mit den Beinen anzuschubsen.
Ich küsste den Kumpel meines Kumpels. Wir tranken Bier, wälzten uns rum, wurden immer wilder. Mein Kumpel war ganz aus dem Häuschen: „Na ihr geht ja ran! Krass ... Noch ein Bierchen?“ Nach der Bierpause lag ich bei meinem Kumpel und küsste auch ihn, dann

biss ich mich wieder mit dem anderen rum, der mich von hinten gestreichelt hatte, während ich mit meinem Kumpel rumknutschte. Mein Kumpel knabberte an meinem Ohr, während der andere mit Mund und Händen immer tiefer rutschte ...
Nachdem ich mir Oberteil und BH ausgezogen habe und mein Kumpel mir Hose und Slip vom Körper gestreift hatte, lag ich da vollkommen nackt. Vollkommen nackt unter einer Brücke im Park – ein Typ mit seinem Kopf zwischen meinen Beinen, ein anderer mit Mund und Händen an allen anderen Stellen meines Körpers ...
Ich weiß nicht, wie weit wir gegangen wären – die beiden Kerle hatten inzwischen auch nur noch ihre Boxershorts an – wenn mein Handy nicht irgendwann „Über den Wolken", gesungen von meiner Mutter, gedudelt hätte und sie mich nicht nach Hause bestellt hätte.

Miss Psychiatrie und der Papagei löchern mich weiter.
„Sahen die beiden gut aus?"
„Bist du gekommen?"
„Was ist danach passiert?"
„Machst du so was öfter?"
Was die alles wissen wollen, bin ich wieder in der Sexualtherapie? Egal, meine Berechtigung, ihre Zimmergenossin zu sein, habe ich mir mit der Geschichte jedenfalls erworben.
Die Tür geht auf. „Habt ihr schon mal auf die Uhr geguckt? Macht die Musik aus und kommt langsam mal zur Ruhe." Anscheinend eine Schwester. Ich sehe sie ja nicht – liege immer noch mit geöffnetem BH auf dem Bauch, während es sich Miss Psychiatrie wieder auf meinem Arsch bequem gemacht hat und malt. Die Tür geht wieder zu. Wir ignorieren den Auftritt der Schwester und feiern weiter unsere kleine Privatparty. Der Ort, an dem wir uns befinden, hat keine Bedeutung mehr, auch die Uhrzeit und die Stationsregeln sind unwichtig. Für uns jedenfalls.
Für die spießige Schwester, die sich an die spießigen Stationsregeln hält, allerdings nicht. Sie steht nach wenigen Minuten wieder im Zimmer. Diesmal sehe ich sie, weil ich gerade aufgestanden bin, um meinen Rücken im Spiegel zu betrachten. Komisch, sieht gar nicht

so spießig aus, die Schwester. Jung, schwarz umrandete Augen, ein kleines Edelsteinchen auf dem rechten Nasenflügel. Gelangweilt sagt sie: „Ihr seid doch immer noch nicht im Bett. Die Nachtpunkte für heute könnt ihr vergessen. Ab in die Kiste jetzt.“ Tür zu.

Ich schaue mir endlich an, was mir Miss Psychiatrie auf den Rücken gemalt hat. Was ist das denn? Ein Herz, in dem ‚I love me‘ steht. Oje – komme ich so selbstverliebt rüber?

Musik und Licht gehen aus. „Ach, jetzt hat sie uns den Strom abgeschaltet. Machen die immer, wenn man nicht ins Bett geht.“ Miss Psychiatrie tanzt im Zimmer rum.

Ich schnappe mir einen Waschlappen, um das hässliche Herz von meinem Rücken wegzubekommen. Das Herz geht weg, die Aufschrift nicht. Wie peinlich.

„Shit – die Scheiße geht nicht ab.“

Miss Psychiatrie und der Papagei prusten los. „Ha, ha! Dann musst du halt damit rumlaufen.“ Miss Psychiatrie weitet die Arme aus, dreht sich im Kreis und singt dabei immer wieder: „I love me. I love me. I love me...“

„Ich find’s nicht lustig, wenn das morgen jemand entdeckt, ey ...“

Miss Psychiatrie erbarmt sich. Ohne Vorwarnung rupft sie den ersten Buchstaben von meinem Rücken.

„AU! Spinnst du?“ Eine Wachshaarentfernung ist nichts dagegen.

Miss Psychiatrie kichert. „Na, willst du jetzt, dass ich das Zeug abmache, oder nicht?“

„Ja, ja. Wenn es nicht anders – Au! – geht ... Mach halt.“

Ich erdulde tapfer die schmerzhafte Prozedur, die ein krebsrotes *I love me* auf meinem Rücken hinterlässt.

Während ich in mein Bett hüpfe, setzt sich Miss Psychiatrie aufs Waschbecken, um ihr allabendliches Schminkritual durchzuführen. Ihre Wimperntusche verschmiert total; weil es dunkel ist, merkt sie es nicht. Ich lege mich mit offenen Augen auf den Rücken und grinse vor mich hin.

Irgendwann geht auch Miss Psychiatrie schlafen. Sie und der Papagei schnarchen leise.

Ich selbst bin viel zu aufgedreht, um zu pennen.

Ich schleiche mich zum Schminkregal.
Dort liegt ein kleines Notizbuch bereit. Ich schlage es auf und schreibe auf die erste Seite: *Mein Sommer in der Psychiatrie.*
Bis das Laternenlicht den ersten Sonnenstrahlen Platz gemacht hat, kritzele ich zusammen, was in den letzten Tagen passiert ist. Ich fasse den Entschluss, ein Buch darüber zu schreiben, wenn ich hier raus bin.

Kapitel 6:

Die Einschränkungen

Der nächste Tag beginnt beschissen. Als ich gerade dusche, schließt die Einschüchternde einfach von außen die Tür auf! Und da stehe ich da, in meiner Nacktheit, versuche hektisch mit meinen Händen so viel abzudecken, wie möglich.

„Deine Mutter ist am Telefon. Sie fragt, ob sie ihr Portemonnaie bei dir vergessen hat", sagt die Einschüchternde als wäre es völlig normal und okay, dass sie hier einfach reinplatzt.

Ich bin so erschrocken, dass ich gar nicht antworten kann. Schüttele verwirrt den Kopf. Komme mir vor, wie ein Zootier.

„Na dann dusch' mal weiter. Aber mach schnell, die anderen wollen auch noch", sagt sie und schließt die Tür von außen wieder ab. Okay, gut zu wissen, meine Privatsphäre verbringt ihre Sommerferien also woanders.

Als ich aus der Dusche komme, sind die Einschüchternde und das Haarmodel gerade dabei, in unserem Zimmer alle Sachen aus den Schränken zu zerren. Ich frage sie irritiert, was das soll und sie sagen, dass sich Sandra mal wieder nicht an die Stationsregeln gehalten hätte, und zeigen auf zwei Brauseflaschen auf dem Tisch.

„Was macht ihr denn für einen scheiß Aufriss wegen der Flaschen?", schreit Miss Psychiatrie.

„Du weißt genau", erwidert das Haarmodel, „dass Trinkflaschen auf den Zimmern verboten sind."

Ich schaue sie fragend an und das Haarmodel erklärt: „Wegen der Magersüchtigen dürfen keine Getränke und kein Essen auf den Zimmern sein. Sonst schütten die das unkontrolliert in sich rein, damit sie mehr wiegen und schneller hier raus kommen."

Miss Psychiatrie hält den Arm der Schwester fest.
„In unserem Zimmer ist niemand magersüchtig, rafft ihr das nicht?"
„Du lässt sofort meinen Arm los, Sandra. Es geht nicht darum, ob hier jemand magersüchtig ist oder nicht, sondern um die Regeln. Und die gelten hier für alle. Sogar für dich." Sie schmeißt weiter Klamotten aus Miss Psychiatries Schrank, findet eine Packung Kekse, eine Packung Rasierer und weitere Trinkflaschen. Die Einschüchternde schiebt alle Betten in die Mitte, zieht die Bettlaken runter und wirft auch die auf den Boden.
Ich stehe ratlos da, Miss Psychiatrie tobt, schreit immer wieder, dass das Marlenes Sachen seien und nicht ihre. Die Schwestern ignorieren sie, drohen, ihr sämtliche Punkte für den Tag zu entziehen und tun das dann auch, weil sie Miss Psychiatries Kulizeichnung auf dem Tisch entdecken.
Als sie mit den verbotenen Sachen – Kekse, Trinkflaschen – im Arm das Zimmer verlassen, sagen sie: „Und jetzt wird aufgeräumt, verstanden?!"
Ich schiebe mein Bett wieder zurück an die Wand. Weiß nicht, ob ich heulen oder lachen soll.
Miss Psychiatrie nimmt sich meine Acrylfarben und setzt sich damit aufs Bett. Sie will sich groß *Schlampen – ich will hier raus!* aufs Bein schreiben, erzählt sie mir. Das Haarmodel kommt wie auf Knopfdruck erneut ins Zimmer und sackt die Farben ein. Ihre Begründung: „Wir sind doch keine Körpermalschule." Miss Psychiatrie muss ihr Vorhaben abbrechen. Auf ihrem Bein steht nun einfach *Schlampe*.
„Einsicht ist der beste Weg zur Besserung, Sandra", sagt die Schwester und geht. Die Razzia ist beendet.
Miss Psychiatrie schmeißt mit Schimpfwörtern in zwölf verschiedenen Sprachen um sich. Sie meint, sie spräche sechs Sprachen fließend. Darunter auch Japanisch und Chinesisch.
Ich sitze auf meinem Bett und ärgere mich wortlos über das verwüstete Zimmer. Ärgere mich über Miss Psychiatrie. Ärgere mich darüber, dass meine Farben weggenommen wurden. Und am meisten ärgere ich mich über mich, da ich nicht hier wäre, wenn ich nicht so wäre, wie ich bin. *Manisch-depressiv.*

Als der Papagei das Zimmer betritt, fängt auch sie an zu schreien. Miss Psychiatrie gibt ihr eine hochdramatische Berichterstattung – mich wundert es, dass nicht noch ein kleines Tränchen ihre Wange runterpurzelt. Sie steigert sich so in ihre Erzählung rein, dass sie schluchzt: „Die nehmen uns dann auch noch das Deo weg, damit wir uns nicht umbringen."

Der Papagei rastet völlig aus, rennt in den Flur und brüllt: „Ihr elenden Schlampen! Wer erzählt hier, dass ich mich mit Deo umbringen will? Warum erzählt ihr hier alle so eine Scheiße über mich? Bitches! Ich bring euch alle um!"

Ich sitze auf meinem Bett und löse ein Sudoku.

Die können mich alle mal.

Auch der Tagesausflug, an dem ich teilnehmen muss, kann mich nicht aufheitern. Wir gehen in eine riesige Grünanlage.

Ich latsche mit, den Blick nach unten, an irgendwelchen beschissenen Pflanzen vorbei, ohne mit jemandem zu reden. Ich passe nicht zu diesen Leuten, werde auch nie zu ihnen passen, weil ich einfach nicht in diese beschissene Welt passe.

Ich lasse mich lustlos auf eine Bank fallen. Ein großer Baum wirft Schatten. Meine Füße scharren im roten Sand. Die weiße Spitze meiner Chucks verfärbt sich.

Ich starre immer noch auf dem Boden, da taucht ein zweites Paar Chucks auf. Es ist beige, im Gegensatz zu meinem, das weinrot ist. Die Chucks gehören zu Andrea. Sie fragt, ob sie sich neben mich setzen könne.

Ich zucke mit der Schulter.

Wir sitzen schweigend nebeneinander. Ich scharre unentwegt auf dem Fußboden rum. Male kleine Kreise in den Sand.

Andrea: „Weißt du eigentlich, wie lang du hier bleiben musst?"

Ich gähne. „Keinen Plan. Acht Wochen oder so."

Viele neue Kreise entstehen.

„Du?"

„Ich weiß es auch noch nicht ... Aber wahrscheinlich noch länger. Ich muss ja erstmal mein Zielgewicht erreichen – also noch fünf Kilo

zunehmen – und das dann acht Wochen halten."
„Hm." Also magersüchtig.
Sie atmet durch. „Hoffentlich halte ich es auch. Denn sobald ich wieder absacke, gehen die acht Wochen von vorn los. Dann kann ich mein ganzes Leben in der Klapse verbringen."
„Krass!"
„Ja, allerdings. Vor allem werde ich hier nur dreimal die Woche gewogen und die sagen mir das Gewicht nicht mal – damit ich von meinem *Kontrolltrip* runterkomme. So ein Quatsch. Nur montags sagen die es mir. Ich muss mindestens achthundert Gramm die Woche zunehmen, dann komm ich in die nächste Phase, darf also mein Handy benutzen und länger hier raus. Zurzeit darf ich ja nicht mal mit meinen Ellis die Station verlassen und nur eine halbe Stunde telefonieren und alles. Und dann noch dieses Sitzenbleiben nach dem Essen, damit ich mich ja nicht übergebe – totale Demütigung, oder? Na ja, noch zwei Kilos mehr und mir bleibt das erspart – man wird hier ja schließlich fürs Fettwerden belohnt."
Ich zucke wieder mit den Schultern.
Das unangenehme Schweigen geht weiter. Ich weiß nicht, was ich sagen soll. Für eine Rolle fehlt mir schlichtweg die Kraft. Ich bleibe starr auf der Bank sitzen, als Andrea aufsteht und mit zwei anderen Magersüchtigen, Dan und Bea, mitgeht.

Kapitel 7:

Das Kennenlernen

Samstag. Mein erstes Wochenende auf Station. Miss Psychiatrie und der Papagei sind nach Hause gefahren. Wochenendurlaub. Ich muss hier bleiben, darf nicht nach Hause, aber ich habe Samstag und Sonntag jeweils vier Stunden Ausgang. Heute kommt Papa mich um vierzehn Uhr das erste Mal besuchen. Morgen sind dann Mama und Matthias da.

Nach dem Frühstück will ich malen. Doch meine Farben wurden ja eingesackt. Als ich eine Schwester danach frage, liest sie den Eintrag im Schwesternheft vor: „Christin bitte nicht ihre Farben geben. Sie lässt es zu, dass sich ihre Mitpatienten damit bemalen und bemalt diese auch selbst.“ Na klasse.

Auf dem Flur treffe ich Andrea, sie fragt mich, ob ich mit ihr Tischtennis spielen wolle. Ich bin froh, dass sie mir nach unserer letzten wortkargen Begegnung noch eine Chance gibt. Heute schaffen wir Smalltalk: Sie ist fünfzehn, tanzt gerne und schreibt bei einer Schülerzeitung, wenn sie nicht gerade in der Klapse sitzt. Sie sagt, dass sie in den letzten Wochen der Haltephase Vormittags ein Praktikum bei einer Zeitung machen könne. Darauf wolle sie hinarbeiten, weil sie Journalistin werden will. Als sie mich fragt, was ich nach der Schule machen will, kann ich nur ratlos mit der Schulter zucken. All meine Pläne sind flüchtige Träumereien: Theater, Schreiben, Malen, Zeichnen. Nichts, worauf man eine Zukunft aufbauen kann. Eine Zukunft. Ob es die überhaupt gibt? Für mich? In zwei Jahren muss ich mich entschieden haben. Bald muss ich wieder in die Schule – zurück ins Leben. Elfte Klasse, Kurssystem. Das klingt so fern. So erwachsen. So, als ob man kurz vorm Ziel stände.

Doch was ist dann, wenn man sein Ziel erreicht hat? Zwölf Jahre lang arbeitet man auf das Abitur hin, ohne zu wissen, warum. Für uns Schüler stellt das Abitur ein Ende dar, doch es ist ja nur wieder ein Anfang. Ein Anfang wovon eigentlich? Die Ungewissheit ist auch ein Grund für meine Angst. Einer Angst davor, dass die Zeit zu schnell vergeht. So schnell, dass man sich dabei selbst verliert. Vielleicht habe ich mich ja auch selbst verloren, weil die Zeit verging, ohne mich mitzunehmen, weil mein Leben einfach zu schnell für mich war.

Vierzehn Uhr. Pünktlich steht Papa vor der Tür. Mein Dicker. Er mustert mich, als kenne er mich nicht. Ehrlich gesagt tut er das auch nicht, doch ich kenne mich ja selbst nicht.

Erst nach dem Gespräch mit der Psychotante hat Papa erfahren, dass ich Probleme habe. Die habe ich zwei Jahre lang gut vor ihm versteckt. Durch die Scheidung meiner Eltern sehe ich ihn eh nur zu unregelmäßigen Wochenendurlauben. Wenn es mir richtig schlecht ging, habe ich eben eine Theaterprobe oder eine Geburtstagsfeier vorgeschoben, damit er mich so nicht sieht. Ich wollte mir meine heile Welt wenigstens mit ihm aufrechterhalten, hatte auch Angst, dass er es nicht versteht.

Jetzt steht er vor mir in der Psychiatrie. Wir gehen in ein Eiscafé in der Nähe. Wir haben uns nicht viel zu sagen.

„Und, schmeckt dein Eis?"

„Hm, lecker."

Ab und zu ein unbeholfenes Lächeln.

Zwischen uns ist es immer schweigsam. War nie anders. Es ist kein unangenehmes Schweigen, dennoch ein bezeichnendes. Ich kann mich ihm einfach nicht öffnen und er kann das auch nicht besonders gut.

Abends sitze ich mit den drei Magersüchtigen auf dem Sofa im Aufenthaltsraum. Unsere Beine liegen auf bunten glänzenden Stoffwürfeln. Bea hat sich in eine Sofadecke eingewickelt, ich habe meine Bettdecke aus dem Zimmer mitgeschleppt. Wir gucken *American Pie*. Dan lästert die ganze Zeit über die anderen auf der Station, mit Vorliebe über meine Zimmergenossinnen. Er ist so ein Boybandtyp

– blonde Schüttelfrisur mit Strähnchen. Man sieht immer nur sein linkes Auge, weil das andere von seinen Haaren bedeckt ist. Er klopft mir tröstend auf die Schulter. „Du tust mir echt leid, Christin. Mit solchen Tussen im Zimmer."
Ich lache.
„Echt. Ich würde es ja keine zwei Sekunden mit denen aushalten. Die halten sich ja auch für die geilsten Bräute überhaupt."
„Oh ja. Die sind echt asozial. Weißt du, was die Fette letztens zu mir gesagt hat?, sagt Bea abschätzig. „Dieses Subjekt hat zu mir gesagt: ‚Geh kotzen, du bulimiekranke Kuh!'"
„Wie geschmacklos ist das denn?", empört sich Andrea. „Na ja, also auf das Niveau musst du dich gar nicht erst herablassen."
Dan lacht. „Und was die fette Kugel gestern anhatte. Das ging gar nicht, oder?"
Andrea kichert los. „Ja, furchtbar – da ist ja echt alles rausgequollen."
Bea mit leuchtenden Augen: „Ich würde mich ja erschießen, wenn ich so aussähe ..."
„Hat die eigentlich immer noch Läuse?" Dan kichert gehässig.
Andrea: „Was? Hatte die Läuse?"
„Ja, deshalb haben sie ihr die Haare doch auch abgeschnitten", sagt Bea angeekelt. „Hat sie aus ihrem dreckigen Heim mitgebracht."
„Tja, dann soll sie mal ganz schnell wieder verschwinden.", sagt Dan.
„Wie denn, wenn sie immer abhaut?", kichert Bea.
Alle lachen. Auch ich. Eine Weile schauen wir wortlos auf den Fernseher – Jim aus *American Pie* vögelt gerade mit der Apfeltorte.
Die Lästerattacken gehen weiter. Die drei Magersüchtigen ziehen jetzt über Miss Psychiatrie her. Ich sage nichts.
Ist schon ganz lustig, ihnen zuzuhören, trotz einiger Gewissensbisse. Denn eigentlich sind der Papagei und Miss Psychiatrie echt nett. Ich glaube, ich stehe hier bald zwischen den Fronten.
Aber warum sollte ich mir davon den bisher gelungenen Abend versauen lassen? Sandra und Marlene sind zuhause. Wenigstens das Wochenende kann ich mit den Magersüchtigen verbringen, ohne mir Gedanken darüber zu machen, ob das irgendwen kränken könnte.
Das Leben ist schön, habe ich das schon mal erwähnt?

Nee, ist wahrscheinlich im depressiven Gefasel am Anfang untergegangen. Doch das war nicht ich. Das hier ist die echte Chris. Die echte und einzige. Die, die alles kann. Die zwanglos mit fremden Menschen auf dem Sofa sitzt und rumalbert. Die, die sich selbst liebt. Die andere gibt es nicht. Heute Abend werde ich mich jedenfalls nicht mehr zu ihr bekennen.
Der Film ist aus, wir gehen nach Haus.
Rabimmel, rabummel, rabumm.

Zurück im Zimmer komme ich mir vor, als wäre ich ganz oben auf einem *Free Fall*, kurz vorm Start. Meine verschwitzten Haare schüttele ich durch die Luft, während ich einen Song nach dem anderen mitsinge. „Das ist eine schlechte Zeit für Optimisten, die müssen ziemlich einsam sein, kommt lasst sie uns ein wenig unterstützen – Wer will schon gern alleine sein?“
Ich zucke zusammen. Eine Schwester steht im Zimmer. Die Spaßbremse, die uns letztens den Strom abgedreht hat. Ich grinse, lasse meine Kopfhörer auf die Schultern rutschen.
„Was ist denn hier los?“
„Weiß nicht. Bin halt gut drauf.“
„Ein bisschen zu gut, oder?“
Ich tanze weiter.
„Guck mal auf die Uhr, Mädchen, und versuch, ein bisschen zur Ruhe zu kommen, ja? Ich komm gleich wieder und schau nach dir.“
Sie verlässt den Raum.
Ich lege mich singend ins Bett. Strampele mit den Beinen, schlage mit den Fingern einen Takt in der Luft. Liegenbleiben? Unmöglich. Wozu auch?
Wo bin ich hier? Das Laternenlicht spielt mit mir. Der Schrank wirkt bedrohlich. Vielleicht sitzt da jemand drin, wer weiß das schon. Jemand, der nur darauf wartet, mich in den Schrank zu zerren. Mich festzuhalten. Ich laufe schneller, lasse den Schrank nicht aus den Augen.
Ein Lichtstreifen fällt ins Zimmer. Ich zucke zusammen. Eine dunkle Gestalt. Sie starrt mich an. Ich bleibe stehen. Lache.

Eine zweite Gestalt. „Was, immer noch Party?" Sie nehmen meinen MP-3-Player weg. „Ohne Musik macht die Party sicher keinen Spaß mehr." Gelächter.
Ich beginne zu pfeifen. Laufe schneller. Raus aus dem Zimmer. Weg vom Schrank.
Die Schwester kommt angerannt, hält mich fest.
„Setz dich erstmal, Christin."
Wir gehen zurück ins Zimmer, ich setze mich. Puls: hundertzwanzig. Temperatur: siebenunddreißigkommavier. Sie notiert es. Ich trommele auf der Tischplatte. Meine Füße wackeln hin und her. Hin und her. „Lassen Sie mich gehen. Sie können mich nicht festhalten."
„Haben dir deine Ärzte was hinterlegt für solche Situationen?"
Ich lache. „Nö. Wozu auch?" Habe ich es mir doch gleich gedacht. Die wollen mich ruhigstellen. Können nicht damit umgehen, dass ich besser bin als sie. Klüger, schneller, glücklicher. Das wollen die nicht wahrhaben. Sie stempeln das als Verwirrtheit ab. Dabei bin ich die Einzige auf der Welt, die noch klar sieht.
„Das tut mir jetzt richtig leid, dass du so durcheinander bist und wir dir gar nix geben können."
„Ich will auch nix nehmen."
„Ich glaube, du kannst nicht einschätzen, was du willst, Christin."
„Was ist das denn jetzt für eine Unterstellung? Ich weiß sehr wohl, was ich will!"
„Gut, streiten wir uns nicht. Bitte geh jetzt in dein Zimmer und versuche zur Ruhe zu kommen. Ich schau gleich nach, ob du schläfst. Wenn nicht, dann hol ich den Arzt von der anderen Station."
„Machen Sie doch. Gegen meinen Willen kann der mir auch nix geben." Ich stehe auf.
Sie ruft mir hinterher: „Ach, Christin? Hast du gerade irgendwelche komischen Gedanken? Du bist hier ja in fachkundiger Betreuung – wenn du uns sagst, was in dir vorgeht, dann können wir dir helfen."
„Nee, nee, ich bin nur aufgedreht. Kein Grund zur Panik."
Komische Gedanken? Ich? Die spinnt doch.
Ich lege mich ins Bett. Der Schrank vibriert. Gleich kommt da jemand raus. Ich muss schneller sein. Vielleicht sollte ich auf den

Schrank klettern. Da kriegt er mich bestimmt nicht. Ich komme nicht hoch. Lasse mich zusammengekauert aufs Bett fallen.
Chris, reiß dich zusammen! Im Schrank kann niemand sein. Denk doch mal nach. Das ist doch absurd, was du hier abziehst.
Ich springe auf, renne los. Alles verschwimmt. Schnell hin und her. Hin und her.
Die Tür öffnet sich. Ich lehne mich an die Wand. Beginne loszuprusten. Lache laut. Hysterisch.
„Was machst du denn jetzt?"
„Ich renne."
„Und, hilft dir das?"
„Keinen Plan."
Ich lasse die Schwester stehen, renne weiter.
Mein T-Shirt ist nass. Ich atme unruhig. Huste. Lache. Pfeife. Meine Lippen formen eine Melodie, die ich nicht kenne. Schnell und melodisch. Melancholisch und aufgebracht.Ich lasse mich ins Bett fallen. Nehme im Halbschlaf wahr, wie der Arzt von der anderen Station mich mustert und, als nichts passiert, wieder geht.

Am nächsten Tag erzählt Andrea beim Frühstück, dass sie in der Nacht ein Pfeifen gehört habe. Ich spiele die Ahnungslose.
Wir haben uns alle im Fernsehraum zusammengefunden. Zusammen mit Schwester Simone, die im Gegensatz zu den anderen Drachen echt cool ist.
Über den Fernsehbildschirm flimmert *Popstars*. Einer singt schlechter als der andere, wodurch wir was zum Feiern haben. Neben mir drückt sich Carola ein Kissen vor den Bauch. Ob die Geschichte stimmt, die mir die Magersüchtigen gestern erzählt haben? Dass sie letzte Woche versucht habe, sich die Pulsadern aufzuschneiden – vor der Schwester, die sie so lange angebettelt habe, bis die Schwester ihr erlaubte, sich unter ihrer Aufsicht die Beine rasieren zu dürfen? Krasse Vorstellung. Auch dass sie überall schwarze Löcher sehe und glaube, das Haarmodel sei ein richtiger Engel, ist schwer zu fassen. Durch die Tabletten, die sie bekäme, hätte sie stark zugenommen und wäre immer unheimlicher geworden in den letzten Wochen.

Hoffentlich sehe ich nicht auch bald so aus.
„Scheiße, singt der schlecht“, sage ich, um mich abzulenken.
Carola: „Ich finde den süß. Der traut sich wenigstens was.“ Sie lacht. „Richtig zum Verlieben, der Typ. Warum läuft mir nie so was über den Weg?“ Sie schlägt sich vor die Stirn. „Stimmt ja, weil ich seit einem Jahr schon eingesperrt bin. Deshalb. Wie konnte ich das vergessen?“ Sie wirft ihr Kissen in die Luft und fängt es wieder. „Übermorgen bin ich hier weg!“
Schwester Simone guckt mitleidig. „Ja, du kommst woanders hin, richtig?“
„So ist es. In die Geschlossene. Aber bevor ich hier war, war ich da ja auch, also was soll's? Oh, den da finde ich aber auch süß. Der ist wirklich toll. Ich hatte seit sieben Monaten keinen Sex, wisst ihr, wie scheiße das ist?“
Die Magersüchtigen werfen sich vielsagende Blicke zu.
„Ey, wenn die mich wenigstens nicht mit Tabletten vollstopfen würden. Ich will das Zeug nicht nehmen. Ich schwitze wie ein Schwein und in meinem Kopf ist alles wie in Zeitlupe. Das ist doch dreckig.“
Schwester Simone: „Aber es geht leider nicht anders, Carola.“
„La, la, la, la, la, la ... Ich könnte auch zu *Popstars*. Ich könnte es schaffen. Wenn ich nur wieder Speed nehmen könnte, dann wäre ich nicht mehr so ein Wrack. Dann wäre ich wieder lebendig. Dann hätte ich wieder was vom Leben. Aber so. Was hab ich denn davon? Nichts hab ich davon.“
Schwester Simone: „Carola, die Drogen und das, was sie mit dir gemacht haben, sind doch überhaupt der Grund dafür, dass du hier bist. Das Zeug wieder zu nehmen, wäre da nicht so die klügste Idee.“
„Mein Leben ist nur so ein Haufen Scheiße, weil ich sie *nicht* mehr nehmen kann! Es war toll. Scheiße ist es erst, seitdem ich keine Drogen mehr nehme. So und nicht anders.“
Die Schwester stößt ratlos Luft aus.
„Boah, wieder mal auf eine Party gehen, auf eine richtige. Auf den Tischen tanzen, unter Leuten sein. Pillchen einschmeißen – die ganze Scheiße vergessen. Wie ich das vermisse, ey!“
Ich starre auf den Fernseher, meine ganze Aufmerksamkeit gilt

jedoch Carola und ihrer Geschichte.
„Das ist so gemein! Auf meiner Schule nehmen so viele Drogen und bei denen sagt keiner was. Die kriegen die Kohle in den Arsch geschoben, und wenn die alle ist, kriegen sie eben neue. Da fragt doch keiner, wofür sie die ausgeben. Interessiert doch keinen. Ich bin nur hier, weil mir meine Eltern ihr stinkendes Geld nicht mehr geben wollen. Ich bin denen scheißegal, denen geht es doch nur um ihr Geld und um ihr perfektes Familien-Image."
Schweigen.
„Was? Ist doch so, verdammt!"
Schwester Simone: „Meinst du nicht, dass sie dich eher in Behandlung gegeben haben, weil sie sich Sorgen um dich gemacht haben?"
„Sorgen. Pah, die waren nie für mich da. Schicken mich in dieses dreckige Internat, während sie schön ihre verrückten Patienten behandeln. Tja, und dann ist die eigene Tochter auch verrückt und ab mit ihr in die Klapse. Und dann in die nächste und in die nächste. Bloß nicht nach Hause mit ihr. Ja, die machen sich Sorgen, richtig."

Es ist vierzehn Uhr – Zeit zum Kaffee trinken. Blödes Wort, da man hier auf Station überhaupt keinen Kaffee trinken darf. Also nenne ich es nachmittägliches Kuchenessen. Ich bin ganz erleichtert, aus der Situation rauszukommen. Carolas Gequatsche war frustrierend. Dan starrt seinen Schokomuffin angeekelt an. „Wissen die hier eigentlich, wie viel Kalorien so ein blöder Muffin hat?" Er ist schon seit sechs Monaten auf Station.
„Vierhundertvierzig auf hundert Gramm." Bea guckt entschuldigend zur Schwester. „Sorry."
„Ist doch egal, essen müssen wir es so oder so", sagt Andrea. Sie ist noch keine zwei Wochen da.
Carola streckt die Hand aus. „Also ich nehme deinen Muffin gerne, Dan. Bin eh schon fett."
Dan schiebt ihr den Muffin hin, die Schwester schüttelt autoritär den Kopf und schiebt ihn wieder zurück. Dan beißt missmutig rein.
Andrea zuckt mit den Schultern. „Also ich finde irgendwie, dass Essen was Erotisches hat, ihr nicht?"

Eine Magersüchtige, die Essen erotisch findet?
Ich schiebe mir das letzte Stück Muffin in den Mund. Mit vollem Mund sage ich im Bauarbeiterton: „Kommt drauf an, wie man isst, nicht?“ Ich zeige grinsend meine schokoladigen Zähne.
Wir kichern.
Dan: „Aber man sieht ja, was dabei rauskommt, wenn man zu *viel* isst. Da muss man sich ja nur mal die Heim-Schlampe anschauen.“
Schwester Simone schüttelt den Kopf. „Dan, es reicht.“
„Na “, sagt Andrea aufgeregt, „die ist ja auch wieder schwanger, habe ich gehört.“
Bea lacht. „Tja dumm fickt halt gut.“
„Bea!“ Die Schwester zieht eine Augenbraue hoch. „Also ich weiß nichts von einer Schwangerschaft.“
Andrea sagt überzeugt: „Doch, hat mir alles Sandra erzählt, deshalb ist die doch auch abgehauen, um zu ihrem Typ zu gehen. Und ihr erstes Kind ist behindert und lebt bei Pflegeeltern.“
„In ihrer Akte steht nichts davon. Überlegt mal besser, wo ihr eure Infos herbezieht.“
„Na ja, Sandra erzählt viel, wenn der Tag lang ist, soviel ich mitbekommen habe“, sage ich. „Sie spricht ja auch sechs Sprachen fließend, richtig?“
Wir prusten los.

Nachmittags sitze ich mit Mama und Matthias in einem Café und trinke eine riesige Tasse Kakao mit extra viel Sahne. Wir reden nicht viel, Mama drückt mir einen kleinen Stapel Papier in die Hand und sagt, ich solle das einmal in aller Ruhe durchlesen. Ich falte die Seiten und stecke sie in meine Tasche. Tausend ausdruckslose Gesichter laufen an uns vorbei.
„Oh, wir müssen langsam los, Schnuppi“, sagt meine Mutter. Sie ruft den Kellner. „Wir möchten gern zahlen, das Kind muss wieder ins Krankenhaus.“ Was geht den das an? Er wünscht mir gute Besserung, als wir gehen. Gute Besserung, wie lächerlich. Als ob sich einfach alles bessern würde.

Zurück im ‚Krankenhaus': Nach meinem üblichen Abendprogramm – Soljanka löffeln, duschen, föhnen, telefonieren und SMS schreiben – schaue ich mir zusammen mit den drei Magersüchtigen den dritten Teil von *American Pie* an.
Carola ist in ihrem Zimmer und sieht wahrscheinlich wieder Geister; Miss Psychiatrie sitzt zusammen mit den Kindern im Speisesaal. Und, was gucken sie? Ja, richtig! *Titanic*, natürlich. Die Kinder – den Affen bezeichne ich aufgrund seiner geistigen Verfassung auch als Kind – klettern dabei auf Miss Psychiatrie rum. Sie genießt die Aufmerksamkeit.
Bei uns anderen läuft es heute Abend etwas ruhiger ab. Wir schauen eben den Film. Alle sind down, weil das Wochenende und die langen Besuchszeiten, die dieses mit sich bringt, vorbei sind. Andrea habe ich vorhin am Telefon sogar weinen sehen. Sie durfte sich trotzdem mit dem Telefon in der Hand nicht ins Zimmer zurückziehen – damit die Schwestern und Pfleger Auffälligkeiten notieren können. Stasi-Methoden.
Die Magersüchtigen sind ziemlich aufgewühlt, weil morgen Wiegetag ist. Andreas Gewicht entscheidet darüber, ob sie in die nächste Phase kommt – in die nächste Phase, die für sie mehr Ausgang und längere Handyzeiten bedeuten würde. Für Dan und Bea geht es morgen darum, ob sie weiterhin in der Haltephase bleiben können, oder ob sie von Neuem mit dem Zunehmen beginnen müssen, da sie ihr Zielgewicht verloren haben.
Dan verrät mir ein paar Tricks mit denen sie versuchen ihr Messergebnis zu verbessern: Sie verstecken Geldstücke und schweren Schmuck unter ihrer Unterwäsche, bevor sie gewogen werden, trinken heimlich massenhaft Leitungswasser; stopfen sich beim Wochenendurlaub ordentlich voll und meiden Toilettengänge. Dass das Selbstbetrug ist, ist ihnen, glaube ich, gar nicht so bewusst, es ist mehr wie ein Sport für sie – wer hat die besten und unauffälligsten Schummel-Ideen.

In meinem Zimmer finde ich eine wütende Miss Psychiatrie vor. „Wieso hast *du* denn mit den *Modepüppchen* Fernsehen geguckt?"

War ja klar. Zwischen den Fronten.
„Sag mal, auf welcher Seite stehst du eigentlich?"
Ich gähne – die ist ja so was von berechenbar. „Auf keiner. Wo ist eigentlich Marlene?"
Miss Psychiatrie macht sich wichtig, setzt sich direkt neben mich aufs Bett. Die will mich wohl wieder auf *ihre Seite zurückziehen* ...
„Die ist abgehauen. Ich weiß sogar, wohin, aber ich soll es keinem sagen."
„Krass. Echt? Ist die einfach ausm Heim weg?"
„Jepp. Wenn sie will, kann sie ziemlich schnell sein, die Kleene. Die hatten sie sogar beim ersten Mal geschnappt, dann ist sie wieder schön brav mit ins Heim gekommen und nochmal abgehauen. Voll fett, ey."
„Woher weißt du das so genau?"
„Na ich hab vorhin mit ihr telefoniert. Hat keiner gemerkt. Aber keine Angst, die kommt wieder. Hat ja ihren CD-Player hier gelassen und alles. Sie meint, sie muss noch ein paar Dinge regeln, dann ist sie wieder da."

Kapitel 8:

Die Therapie

Frau Kolb lächelt mir aufmunternd zu. Heute ist endlich unser erstes offizielles *Gespräch*. Wurde ja auch Zeit, inzwischen bin ich schon den sechsten Tag hier.

„Christin, bevor unsere gemeinsame Arbeit richtig beginnen kann, möchte ich, dass du mir sagst, was du dir ein Stück weit von der Therapie erhoffst."

„Na ja, ich will dann glücklich sein können, wenn ich einen Grund dazu hab und dann traurig sein, wenn's angebracht ist. Aber halt nicht so extrem, immer."

„Deine Gefühle sollen also der Situation angepasst sein, richtig?"

„Hm. Wär' schon nicht schlecht, ne." Ich kaue nervös auf meinem Kaugummi herum.

„Schön, Christin, ich denke, dass das ein sehr gutes Ziel ist." Frau Kolb zieht einen Zettel vor. „Ich habe hier ein Arbeitsblatt mitgebracht, auf das wir deine Ziele schreiben können, damit wir beide sie nicht vergessen."

„Okay." Ich zucke mit der Schulter.

„Als großes Hauptziel schreiben wir ganz oben also hin: *Angemessene Gefühle und keine extremen Stimmungen*, ja?"

„Okay."

„Dieses große Hauptziel ist natürlich das Finish, sozusagen das Ende vom Marathon. Aber vorher, da müssen wir uns ein Stück weit mit kleinen Dingen zufriedengeben, mit Etappensiegen, verstehst du?"

„Schon klar."

„Was meinst du, was wäre so ein Etappensieg, so ein Teilziel, das uns dem großen Finish, der Kontrolle über deine Gefühle, näher bringt?"

Ich starre auf meine Schuhe, kaue angestrengt Kaugummi.
„Kein Plan. Ist das nicht Ihre Aufgabe, so was rauszufinden?"
Frau Kolb lächelt. „Ja, natürlich ist das auch meine Aufgabe, aber es ist mir sehr wichtig, dass wir ein Stück weit zusammenarbeiten, schließlich soll dir ja geholfen werden und nicht mir. Hast du wirklich keine Idee?"
Ich verschränke meine Arme.
„Macht ja nichts." Sie legt das *Arbeitsblatt* weg. „Wenn uns während unserer Gespräche ein Teilziel einfällt, dann ergänzen wir es einfach."
„Okay."
„Ich habe von eurer kleinen Rücken-Mal-Aktion am Freitag gehört. Hast dich ein Stück weit eingelebt inzwischen, nicht?"
Sie grinst mich an.
Ich verwuschele meine Haare. „Ja, schon."
„Das freut mich. Aber das nächste Mal solltet ihr euch eine etwas andere Beschäftigung suchen – die Schwestern waren von der Idee nicht begeistert. Ich persönlich fand das Ganze zwar recht lustig, irgendwie ferienlagermäßig, aber man muss ja keinen Streit provozieren, nicht wahr?"
„Ja, okay. Ähm, da meine Farben jetzt eh eingesackt wurden, müssen Sie solche Aktionen nicht mehr befürchten."
Frau Kolb zuckt lächelnd mit den Schultern. „Na ja, Stationsregeln eben. War sonst noch irgendwas Besonderes dieses Wochenende? Oder irgendwas, was dir komisch vorkam"
Ich wische mir durchs Gesicht. „Hm. Samstag, schon."
„Was war Samstag los?"
„Na ja, weiß nicht. Ich war ein bissel zu gut drauf, wahrscheinlich ..."
Sie runzelt die Stirn. „Zu gut drauf. Und was hast du da gemacht?"
„Na ja, ähm, ich bin halt nachts durchs Zimmer getanzt und hab gesungen und na ja, dann bin ich irgendwann von einer Wand zur andern gerannt und hab gepfiffen, war komisch alles."
„Verstehe ich das jetzt richtig? Christin ist gut drauf und deshalb muss Christin wie eine kleine Puppe durchs Zimmer rennen und singen und pfeifen, weil ihre Stimmung das von ihr verlangt?"

„Ja, so ungefähr.“ Ich lache unbeholfen. Wieso redet die in der dritten Person von mir?
„Eine perfekte Überleitung zu unserem nächsten Arbeitsblatt. Jetzt geht es nämlich darum, deine Gefühle, deine Gedanken und deine Verhaltensweisen während deiner Höhen und Tiefen ein Stück weit einzeln zu betrachten und zu verstehen.“
„Sie scheinen Arbeitsblätter zu mögen ...“
Frau Kolb streicht sich eine Haarsträhne hinters Ohr. „Na ja – sie bieten immer ein Stück weit eine gute Grundlage für das Kennenlernen und Aufschlüsseln der Probleme, aber wenn dich das stört, dann...“
„Nein, nein, ist schon okay.“ Ich frage mich, ob sie ihren Date-Partnern auch erstmal ein Arbeitsblatt zum Ausfüllen gibt.
„Wollen wir gleich mal ein Stück weit an Samstagabend anknüpfen, auf dem Arbeitsblatt?“
„Mir egal.“
„Dann machen wir das jetzt einfach. Was meinst du, was war Samstag der Auslöser für dein Verhalten?“
„Ich war einfach nur plötzlich extrem aufgedreht.“
„Also sind die Gefühle unsere Übeltäter ... Und dann hat erst das Verhalten eingesetzt – also das Singen und Tanzen und Rennen und so, oder war das doch zuerst da?“
„Nein, erst die Gefühle, dann das Verhalten.“
„Und was ging in deinem Kopf vor?“
„Weiß nicht. Mir war das irgendwie peinlich, was ich da für eine Scheiße gemacht hab und die Schwester hat mir auch leidgetan, irgendwie, und ich wusste, dass ich das alles nicht machen sollte, aber irgendwie ging's auch nicht anders. Ich hatte mich halt nicht mehr unter Kontrolle. Das hat genervt.“ Warum erzähle ich der so viel? Ich kenne die doch überhaupt nicht.
„Also du weißt schon, was du in diesen Situationen tust und merkst auch, dass das auf andere komisch wirken könnte, ja?“
„Ja, schon. Aber trotzdem muss ich mich so verhalten. Das geht nicht anders.“
„Hast du schon mal probiert, dich anders zu verhalten?“
„Das kann ich nicht, hab ich doch schon gesagt. Mein Gehirn setzt

in diesen Phasen einfach aus."
Frau Kolb schaut mich an. „Und weil du dich deshalb so machtlos fühlst, schlägt deine Stimmung wieder um, dann denkst du dir ‚Scheiße Christin, was hast du denn jetzt wieder angestellt?' und wirst traurig und nachdenklich und der Teufelskreis beginnt von vorn, richtig?"
Ich zucke mit der Schulter.
„Christin, wir haben gerade eine ganze Menge erreicht. Dass du dir darüber bewusst bist, was du in deinen extremeren Phasen tust, das ist ein ganz wichtiger Ansatzpunkt für unsere gemeinsame Arbeit. In den nächsten Wochen werden wir zwei daran arbeiten, dass du dieses Gefühl verlierst, deiner Stimmung hilflos ausgeliefert zu sein."
„Das ist nicht nur ein Gefühl. Das ist eine Tatsache."
„Du wirst erstaunt sein, wie viel Kontrolle du über dich selbst hast, wenn du ein paar kleine Regeln einhältst. Wir müssen dir eine Tagesstruktur schaffen, die du ein Stück weit unabhängig von deinen Gefühlen durchziehst."
Als ob ich das mit Mama nicht schon längst probiert hätte ...
„Ich finde, hier sollten wir beim Schlaf ansetzen. Du solltest jeden Tag zur gleichen Zeit zu Bett gehen, deine Schlafenszeit nicht an deine Stimmung, sondern an einen objektiven Faktor, nämlich die Uhrzeit, binden."
„Aha." Schlimmer werden kann es eh nicht mehr.
„Was meinst du, wann sollen wir dich ins Bett schicken?"
„Keinen Plan. So dass ich acht Stunden schlafen kann ... Halb zwölf, vielleicht?"
Frau Kolb lächelt. „Gut, ich werde im Schwesternzimmer Bescheid geben, wegen deiner neuen Schlafregelung. Probier das mal aus. Dann sehen wir weiter, Christin." Sie holt das erste Arbeitsblatt wieder raus. „Das mit dem Schlaf ist übrigens unser erstes Etappenziel."

Nach einem unglaublich strukturierten nächsten Tag liege ich heulend im Bett und Miss Psychiatrie tröstet mich.
Vorhin hatte ich in meiner Tasche die Blätter von Mama gefunden, die sie mir am Sonntag im Café mitgegeben hat. Es ist ein Brief

von meiner Mutter an den Oberarzt. Fünf Seiten lang beschreibt sie darin mein Verhalten in den letzten zwei Jahren. Fünf Seiten lang rechtfertigt sie sich dafür, dass sie versucht hat, mir zu helfen. Auf Seite drei las ich über meine depressive Phase im Frühjahr 2007:

Mein Mann und ich hatten für die Pfingstferien eine Woche Urlaub geplant und Christin meinte, wir sollten unbesorgt fahren, ihr ginge es viel besser und sie freue sich, mal eine Woche sturmfrei zu haben.
Während des Urlaubs schrieb sie uns liebe SMS, dass bei ihr alles in Ordnung sei, und wünschte uns viel Spaß.
Als wir aus dem Urlaub zurückkamen, fanden wir Christin in einem schlimmen Zustand vor, sie war die ganze Woche allein zu Hause geblieben und schwer depressiv. Ich machte mir natürlich Vorwürfe deswegen und war auch traurig, dass sie uns nichts gesagt hatte. Wir wären sonst früher zurückgekommen.
Der schlimmste Tag war ein Sonnabend, der 2. Juni. Christin war tagsüber völlig apathisch, redete kaum und blieb die ganze Zeit in ihrem Zimmer. Am Nachmittag kamen ihre Freundinnen, um sie aufzuheitern. Sie brachten ihr Geschenke mit und nahmen sie mit raus, doch schon bald kam Christin zurück. Die Freundinnen waren enttäuscht, dass alles, was sie so lieb versucht hatten, keinen Erfolg hatte und Christin sich gar nicht freuen konnte.
Das belastete Christin sehr.

Meine Freundinnen Sina und Caro hatten sich solche Mühe mit mir gegeben, hatten alles versucht, um mich aufzuheitern; hatten sich mit mir abgegeben, obwohl ich unausstehlich war. Ich war ihre Mühe überhaupt nicht wert.
Der Abend war fortgeschritten, Caro musste gehen und ich saß mit Sina allein in einem Café. Ich starrte die ganze Zeit nur auf meinen dritten Wodka-O und nuschelte unverständlich vor mich hin, wenn ich überhaupt etwas von mir gab. Ich weiß nicht, wie Sina es so lange mit mir aushalten konnte; wieso sie mir, trotz allem, helfen wollte.
Sina: „Mensch Chris, das geht so nicht weiter mit dir."
Ich trank einen Schluck.
„Du musst irgendwas ändern an der Situation. Ich weiß, ich habe dir

das schon tausendmal gesagt, aber guck mal, wenn du vielleicht in einem Kindergarten oder in einem Altersheim aushelfen würdest, oder es mal bei der anderen Theatergruppe versuchen würdest, hm? Du musst mal raus kommen aus deinem Schneckenhaus, Chris. Wenn du jeden Tag nur zuhause hockst und die Wände anstarrst, dann ist es klar, dass es dir schlecht geht, oder?"
„Ach lass mich doch einfach in Ruhe. Ich habe überhaupt keinen Bock, was zu ändern." Ich atmete durch. „Das ist doch eh alles sinnlos. Denkst du, ich spring auf einmal freudig durch die Gegend, nur weil ich 'nem Opa den Arsch abwischen kann, oder was?" Ich starrte in mein Glas. „Am liebsten wär's mir, wenn einfach alles vorbei wäre."
„Was alles vorbei?"
„Na alles, halt. Mein beschissenes Leben, halt."
„Chris, hör doch auf. Es gibt so viel, wofür es sich zu leben lohnt."
„Wofür lohnt es sich denn bitte, hä?" Ich starrte sie an.
Sina lachte. „Wofür?" Sie schaute mich ebenso hilflos an, wie sie gerade gelacht hatte – ungläubig, ängstlich, zermürbt. „Hallo, guck doch mal, Chris." Sie winkte mir kurz zu. „Für mich zum Beispiel, für Caro, für deine Mutter, deinen Vater, deine Geschwister. Scheiße, du bist doch nicht so ein alter Knacker, der niemanden mehr hat. Du bist doch nicht allein, Chris."
„Klar, ich hab überhaupt keinen Grund zum Traurigsein, ich hab schon verstanden."
„Ach Chris."
„Ich will jetzt gehen."

Abends lag Christin weinend in ihrem Bett und ich konnte sie nicht trösten. Ich brachte sie dazu, mit in die Küche zu kommen, und mit mir zu malen. Zuerst wollte sie gar nicht mitmachen, aber je später es wurde, umso besser ging es ihr und deshalb beschloss ich, mit ihr in dieser Nacht einen Schlafentzug zu machen. (Ich selbst hatte schon als Kind gemerkt, dass mir Schlafentzug in depressiven Phasen gut hilft, und habe das seitdem auch viele Jahre allein gemacht.) Nach dem Malen spielten wir Karten, frühstückten und machten frühmorgens einen langen Spaziergang.

Ich merkte, wie es Christin von Stunde zu Stunde besser ging, sie zu reden anfing und sogar lachen konnte. Natürlich sagte ich ihr, dass der Erfolg nur 1-2 Tage anhalten würde, aber es hilft schon sehr, wenn man zwischen so vielen dunklen Tagen mal eine kleine schöne Pause hat. Das gibt Hoffnung.

Hoffnung, dass ich nicht lache.
Nachdem ich mir den Abschnitt durchgelesen hatte, sank ich heulend auf meinem Bett zusammen.
Als ich mich wieder etwas gefangen hatte, rief zu allem Überfluss mein großer Bruder Toni an.
„Na kleine Schwester, wie geht's?"
„Nicht so."
„Was machen die da nur mit dir?"
„Nichts."
„Ach, ich versteh das alles nicht, Chrissi! Du bist doch ein ganz normales Mädchen, Mann."
„Nein."
„Was, nein?"
„Na ich bin nicht normal."
„Ach, weißt du, Chrissi, jeder ist mal traurig, oder komisch, oder was weiß ich. Ich schreib auch manchmal traurige Gedichte, oder denk mal viel nach. Das ist nun mal so, aber deshalb ist man doch nicht gleich *krank*. Das ist doch Quatsch. Meine Kumpels, zum Beispiel, die zocken manchmal tagelang Computer und vergessen dann zu schlafen, oder zu essen, oder pennen dann ein paar Tage durch, aber das ist doch ganz normal. Wegen so was muss man doch nicht in die *Psychiatrie* ..."
„Ja, mag sein." Ich schluchzte. „Aber bei mir ist das nicht *normal*, verstehst du?"
„Ach was – das hat dir doch alles die Mutter eingeredet, ey. Wenn du bei mir und Papa wärst, würde dir so was nicht passieren. Komm doch einfach wieder zu uns – nur probeweise, du wirst merken, dann geht's dir auch wieder gut. Meine kleine Schwester muss doch nicht in einer *Psychiatrie* sein. Das ist doch absurd."
„Doch, Toni. Genau das muss deine kleine Schwester. Der geht's

nämlich scheiße, falls du es noch nicht gemerkt hast ..."
„Du bist sechzehn ... aber doch nicht *krank*!"
„Doch Toni, das bin ich."
„Weißt du, ich habe einfach Angst, meine kleine Schwester zu verlieren. Verstehst du das denn nicht? Die stopfen dich bald mit Tabletten voll und dann wirst du so ein kleiner Roboter. Die wollen nur ihr verdammtes Geld verdienen. Deshalb reden die das den Leuten auch ein, dass sie Depressionen haben und diese ganze Scheiße. Eine Gehirnwäsche machen die. Haben sie mit dir ja anscheinend auch schon gemacht ... Chrissi, die machen dort einen Menschen aus dir, den ich ..."
„Was? Den du nicht lieb haben kannst, oder was? Sorry, wenn du nicht damit umgehen kannst, dass ich krank bin, dann tut's mir leid. Ich dachte eigentlich, dass gerade du ... Ach Scheiße – Ich leg jetzt besser auf."
„Chrissi, warte!"
Ich schaltete mein Handy aus. Meinen Bruder hatte ich verloren und er hatte seine kleine Schwester verloren – so, wie er es befürchtet hatte. Zwischen uns würde es nie wieder so sein, wie es einmal war, da war ich mir in diesem Moment sicher. Und wieder begann ich zu weinen.
Miss Psychiatrie reicht mir ein Taschentuch unter die Decke, unter der ich mich verkrochen habe. Eigentlich ist sie doch ganz nett, auch wenn mir ihre Fürsorglichkeit gerade auf den Wecker geht.
Ich will pennen, um diesem dreckigen Tag ein schnelles Ende zu setzen, muss aber bis halb zwölf wach bleiben. Wegen dieser lächerlichen Tagesstruktur-Kacke und der ach so wichtigen Regelmäßigkeit in meinem Alltag. Die können sich ihre sinnlosen Versuche sparen. Ohne Tabletten werde ich mein Leben nicht auf die Reihe kriegen.

Am nächsten Tag ist mein IQ-Test. Ich bin ganz schön nervös, vielleicht auch nur wegen Frau Kolb.
Ich sitze auf einem Drehstuhl und drehe mich hin und her. Hin und her. Frau Kolb erklärt mir, was jetzt passiert, dass der Test etwa neunzig Minuten dauert, dass erst mein angelerntes, dann mein

angeborenes Wissen überprüft wird und dass ich Bescheid sagen soll, wenn es mir zu viel wird.

Zuerst wird mein Allgemeinwissen abgefragt – hauptsächlich Geographie, Astronomie, Politik und Physik. Dinge, die mich nicht sonderlich interessieren und über die ich entsprechend wenig weiß. Dann muss ich Oberbegriffe für zwei Worte finden; längerwerdende Zahlenreihen vorwärts und rückwärts wiedergeben; Wörter definieren; Rechen- und Sachaufgaben im Kopf lösen; erklären, warum Gesetze und Briefmarken notwendig sind und was ich tun würde, wenn ich mich im Wald verirre. Als ich daraufhin sage, dass ich selten im Wald sei, ist Frau Kolb ein wenig angepisst.

Es folgt der Handlungsteil: Ich soll mit bunten Würfeln so schnell wie möglich Muster nachlegen; Bilder angucken und sagen, was fehlt. Sie hält mir das erste Bild hin.

Ich sage: „Na da fehlt eine Türklinke. Ist ja easy."

Sie blättert um. Ich gähne. „Kein Rad am Auto."

Sie blättert um. „Der hat nur ein Auge."

Sie blättert um. Meine Beine wackeln wie wild. Hin und her.

„Auf dem Vogelnest muss auch Schnee sein."

Schritte im Flur. Hin und her. „Ein Finger zu wenig."

Sie blättert um. „Keine Augenbraue."

Sie blättert um. Ich antworte. Ein Vogel vorm Fenster.

Sie blättert um. Ich antworte. Die Schritte im Flur werden ungeduldiger. Ich wische mir durchs Gesicht. Hin und her.

„Kannst du noch?"

„Was, ich? Ja, warum nicht?" Was soll die Frage?

„Okay ..." Sie kramt in der Kiste rum. Gibt mir eine Plastiktüte. Sie rutscht mir aus der Hand. Meine Hände zittern. Ich will die Tüte öffnen, sie reißt unten auf. Teil für Teil fällt zu Boden. Meine Beine schlenkern weiter. Hin und her. Hin und her. Ich streiche mir durchs Gesicht. „Sorry. Warten Sie, ich heb es gleich auf."

„Bist du nervös?"

„Nein, gut drauf. Sagte ich doch schon."

„Lehn dich mal bitte zurück, Christin."

„Was wird das denn jetzt?"

„Ganz ruhig. Atme bitte einmal tief ein.“ Sie macht es vor. „Und aus.“ Sie macht es vor. „Die Augen kannst du dabei ruhig schließen.“
Ich mustere sie blöde.
„Na los, mach schon. Du musst lernen, dich zu entspannen.“
„Okay, wenn's sein muss.“ Ich lehne mich zurück und schließe die Augen. Meine Füße wackeln hin und her. Hin und her.
Frau Kolb hat ihre Stimme gesenkt. Spricht tiefer, als sonst. Soll wohl beruhigen, klingt aber nur dämlich. „Gut Christin, du wirst jetzt gaaaanz ruhig. Atme tief ein ... und aus ... und ein ... und aus ... Du merkst, wie du in Einklang mit deinem ganzen Körper kommst ... Spürst, wie die Energie durch deine Glieder fließt ...“
„Ähm, nee – eigentlich nicht.“
„Ach Christin, so wird das nichts. Versuch bitte, dich ein Stück weit darauf einzulassen. Ich weiß, das ist nicht einfach, aber es ist eine Hilfe für dich. Wenn du lernst, mit deinem Körper ein Stück weit in Einklang zu kommen, dann kannst du das auch irgendwann zu Hause machen, wenn du wieder mal *so gut drauf* bist.“
„Haben Sie ein Kurs in Tai Chi belegt?“
Sie kann sich ein Kichern nicht verkneifen. „Gut, vielleicht ist es auch noch zu früh dafür. Wollen wir weitermachen?“
„Ja, machen wir das.“
Frau Kolb sammelt sich kurz. „Gut, Christin. Du hast ja nun diese Holzstückchen vor dir liegen. Die Stücke ergeben eine Figur.“
„Ich weiß, ein Gesicht.“
Sie schaut mich verblüfft an. „Ja, richtig. Gut, dann leg die Teile mal schnell zu einem Gesicht zusammen und ich stoppe die Zeit.“
Nach wenigen Sekunden liegt die Figur.
Sie lässt weitere Holzstückchen auf den Tisch plumpsen.
„Und los geht's.“
Vier längliche Holzstücke, unten glatt, oben abgerundet. Ein kleines Viereck. Ein unförmiges großes Stück, das oben wie eine Burgmauer aussieht. Ein Haus, aus dem unten ein runder Knubbel rausschaut. Ich schiebe die Teile ratlos hin und her. Was das wohl sein soll? Gesicht? Nee. Ein Tier? Nee. Ein Schiff? Nee. Ich schiebe es hin und her. Hin und her. Ergibt einfach kein Bild. „Was soll das denn sein?“

Ich kann Frau Kolb nicht ins Gesicht schauen. Ist doch peinlich.
„Na, überleg noch mal. Ist eigentlich ganz einfach."
Einfach? Dann könnte ich das ja. Ich bin doch nicht total bescheuert. Ah, dieses längliche Teil passt an die Burgmauer. Das andere auch. Ach, na toll. Ich schlage mir kurz vor die Stirn. „Eine Hand. Da hätte ich auch gleich drauf kommen können." Ich lehne mich zufrieden zurück.
„Das musst du dir aber noch mal ein Stück weit genauer ansehen."
Scheiße. Stimmt, der kleine Finger ist normal nicht in der Mitte. Und der Mittelfinger nicht ganz außen ... „So, jetzt zufrieden?"
„Ja." Sie lächelt. „Das war ja eine schwere Geburt."
Oje – Adrenalinschub. Schon wieder so ein scheiß Vogel vorm Fenster. Können die nicht woanders lang fliegen?
„Soll ich das Fenster zumachen, Christin? Ist laut heute."
„Nee, nee – stört mich nicht. Aber machen Sie nur, wenn es Ihnen gut tut."
Sie steht auf und schließt mit wenigen Handgriffen das Fenster.
Endlich Ruhe. Nur diese scheiß Schritte im Flur hören nicht auf. Hin und her. Hin und her. Frau Kolb legt mir ein Blatt vor die Nase, das vollständig mit den Buchstaben d, e, v und Strichen versehen ist. Meine Aufgabe: Ich soll alle d, die zwei Striche über sich oder unter sich haben, aus einer Buchstabenkette rausstreichen. Immer, wenn zwanzig Sekunden um sind, ruft sie „Stopp!", und ich muss sofort zur nächsten Zeile überspringen. Das ist ein Rennen gegen die Zeit. Ich sprinte regelrecht übers Papier. Alles verschwimmt. Mein Kopf tut weh.
„Stopp." Sie zieht mir das Blatt weg.
„Jetzt musst du noch ein paar Bilder zu einer sinnvollen Geschichte zusammenlegen und dann war's das." Sie legt mir vier Kärtchen vor die Nase. Die Bilder sind in Sepia. Sehen ziemlich alt aus, schon etwas demoliert. Kleine Figuren sind drauf abgebildet. Ich kneife die Augen zusammen, um sie besser zu erkennen: Eine Frau vorm Kühlschrank, die ein Stück Butter aus einem Beutel auspackt. Eine Frau, die in der Kaufhalle steht und ein Stück Butter in den vollen Wagen legt. Eine Frau und zwei Kinder beim gemeinsamen

Abendbrot – wieder das Stück Butter, diesmal in einer Butterschale. Eine Frau, die Teller aus einem Schrank holt.
Ich schiebe die Kärtchen in eine Reihenfolge. „Erst geht sie einkaufen, dann packt sie ihr Zeug aus, dann deckt sie den Tisch und dann essen sie zusammen."
Frau Kolb macht sich eine Notiz und nimmt die Kärtchen weg. Sie legt fünf neue hin. Diesmal sind Kinder drauf. Ein Junge und ein Mädchen. Es ist Winter, sie sind mit dem Schlitten unterwegs. Einmal der Junge mit dem Schlitten auf dem Berg. Dann das Mädchen. Dann liegen der Junge im Schnee und der Schlitten neben ihm. Das Mädchen und der Junge gemeinsam auf dem Berg. Beide Kinder auf dem Schlitten. Hä? Keine Ahnung, was das für eine Geschichte sein soll. Ich schiebe die Kärtchen hin und her. Hin und her. Frau Kolb mustert mich. Hm, vielleicht ist der Junge zuerst auf dem Berg. Oder das Mädchen. Ach, keine Ahnung. So eine Scheiße.
Wieder neue Kärtchen. Am liebsten würde ich diesen beschissenen Raum verlassen! Was will die Alte von mir? Keine Ahnung, in welche Reihenfolge die kommen. Ob die Tussi erst im Auto saß oder erst geheult hat oder erst nach links geschaut hat. Woher soll ich das wissen? Ich bin doch nicht die Trulla da. Mein Kopf wird heiß. Meine Hände zittern. Ich kriege Tränen in den Augen. „So ein Scheiß!" Und wieder in eine andere Reihenfolge. Die Schritte im Flur werden penetrant. Wartet da jemand auf mich?
„Sorry, Zeit ist abgelaufen."
Ich verschränke meine Arme und starre in die Luft.
„So, hier hätte ich noch mal sechs Kärtchen, dann sind wir fertig."
„Ach, behalten Sie doch Ihre scheiß Kärtchen. Ich habe keine Lust mehr."
„Das würde das Testergebnis aber verfälschen, Christin. Bist du sicher, dass ..."
„Dann legen sie die scheiß Karten halt hin." Ich starre drauf. „Ja schön, ich weiß trotzdem nicht, in welche Reihenfolge die kommen, okay?" Ich sortiere die Karten irgendwie und lehne mich zurück.
„So. Scheiße. Jetzt zufrieden?"

Kapitel 9:

Die Persönlichkeitsstörung

Der achte Tag. Heute habe ich zum ersten Mal Gruppentherapie. In der Gruppentherapie soll Vertrauen aufgebaut werden. Wir führen uns gegenseitig mit geschlossenen Augen durch den Garten, sollen lernen Verantwortung zu übernehmen und abzugeben und unsere Erfahrungen reflektieren. Dann sollen wir uns sagen, was wir aneinander mögen und was nicht. Miss Psychiatrie und die Magersüchtigen streiten sich dabei so sehr, dass die Übung abgebrochen wird.

Im Anschluss möchte Frau Kolb mit mir sprechen. Wir setzen uns auf eine Bank, den Blick auf einen stinkenden Teich gerichtet. Der Fußweg, auf dem meine nackten Füße aufsetzen, ist heiß. Es geht um meinen IQ-Test. Sie sagt, ich habe ganz gut abgeschnitten – oberer Bereich des Durchschnitts, fast hochintelligent. Dann gehen wir die Ergebnisse der einzelnen Tests durch.

Bei den Bildergeschichten liege ich weit unter dem Durchschnitt. Sie schließt daraus, dass ich Probleme habe, soziale Bindungen einzugehen und richtig einzuordnen. Leichte soziale Störung nennt sich das. Ich lache übertrieben laut. Weiterhin stellt sie anhand meines Verhaltens beim Test fest, dass ich teilweise in meinem Denken sehr unflexibel bin; immer wieder den gleichen Weg nehme, statt einen anderen auszuprobieren. Die spinnt wohl?

Sie fragt mich, ob es mich stören würde, dass ich nach acht Tagen immer noch keine genaue Diagnose hätte und ich antworte nur: „Passt schon. Braucht ja alles seine Zeit." Ich sehe sie nicht an und wackele hektisch mit den Beinen hin und her.

Frau Kolb daraufhin: „Wir müssen dich eben noch besser

kennenlernen. Erst einmal ein Stück weit beobachten, wie du dich so verhältst."
Klasse, bin ich eine beschissene Laborratte?
Frau Kolb streicht sich eine Haarsträhne hinters Ohr. „Was denkst du gerade?"
Ich starre auf den stinkenden Teich.
„Christin, ich will ehrlich zu dir sein. Ich finde, dass du mir gegenüber ziemlich verkrampft bist und mir auch nicht alles sagst, was du denkst. Wie siehst du das denn? Bin ich so angsteinflößend?"
Nein, nur verdammt attraktiv. Mit deinen großen blauen Augen, dem frechen Blick und deiner Stimme, die mich ganz durcheinanderbringt. Ich wackele aufgeregt mit den Füßen, fixiere den Teich mit meinen Augen und streiche mir mehrmals eine nicht vorhandene Haarsträhne aus dem Gesicht.
Frau Kolb lacht. „Na gut. Vielleicht brauchen wir einfach noch ein bisschen Zeit. Ich denke jedenfalls, dass wir zwei ein Stück weit eine Menge erreichen können, wenn du lernst, dich mir zu öffnen."
Ich zucke mit der Schulter und wedele mit Hand, um eine Wespe loszuwerden.
Frau Kolb springt auf und läuft hektisch hin und her, weil die Wespe sie verfolgt. Ich lache.
Sie setzt sich wieder. „Sorry. Wespenallergie." Sie beißt sich auf die Unterlippe. „Christin, ich habe noch eine Frage. Angenommen, deine Probleme wären eine Torte, wie viele Stücke davon sind Dinge, gegen die du selbst nichts unternehmen kannst? Wie viele stellen Dinge dar, gegen die du schon was machen könntest, würdest du dich nicht so sehr reinfallen lassen? Und wie viele Tortenstücke sind der Einfluss deiner Mutter auf deine Probleme?"
„Was sollen meine Probleme denn mit meiner Mutter zu tun haben?"
„Versuche dich bitte mal ein Stück weit auf das Bild einzulassen."
Ich verwuschele meine Haare. „Wenn's denn sein muss... Na ja, gegen acht Tortenstücke kann ich nichts unternehmen ... und gegen dreieinhalb könnte ich vielleicht schon was machen..."
„Also bleibt für den Einfluss deiner Mutter ein halbes Stück ..."
„Was wollen sie eigentlich von mir?"

Sie streicht sich eine Haarsträhne hinters Ohr. „Weißt du eigentlich, was eine Persönlichkeitsstörung ist, Christin?"
„Klar, ich bin doch nicht doof."
„Was kennst du denn für Persönlichkeitsstörungen?"
„Ähm – Borderline und Multiple Persönlichkeit, würden mir da jetzt einfallen ..."
„Hast du dich dahingehend schon mal ein Stück weit informiert?"
„Ja, ich habe ein Buch über Borderline gelesen. Und einen Krimi, in dem die Hautperson eine Multiple Persönlichkeit ist."
Frau Kolb nickt wissend. „Und, hattest du da manchmal das Gefühl, dich in einigen der Verhaltensmuster ein Stück weit wiederzufinden? Ich meine, das ist ja ganz normal – wenn ich mich lange genug über eine psychische Krankheit informiere, dann denk ich auch manchmal: ja, das und das könnte schon auch ein Stück weit auf mich zutreffen."
Was will die von mir? „Ähm – na ja, die Depressionen könnten schon auch auf Borderline zutreffen. Und die Stimmungsschwankungen sind da ja auch ganz typisch, aber ..."
„Ja – da hast du Recht." Sie nickt. „Und noch was anderes?"
Na ja, die Unsicherheiten bezüglich meiner Sexualität, die flüchtigen körperlichen Kontakte zu Menschen, die ich kaum kenne, meine Neigung in Rollen zu schlüpfen, mein geringes Selbstwertgefühl, meine Wut ... „Nee, da fällt mir jetzt nix weiter ein. Ich glaub auch nicht, dass ich Borderline habe, also ..."
„Darum, ob du es haben könntest, oder nicht, ging es gar nicht. Du bist erst sechzehn, deine Persönlichkeit entwickelt sich noch. Wir stellen bei Jugendlichen nur in Ausnahmefällen die Diagnose ‚Borderline'. Ich wollte nur wissen, ob du überhaupt andere Krankheitsbilder kennst."
Denken die hier ich bin total bekloppt? Ich lasse mich doch nicht verarschen! Natürlich hatte diese Frage einen Hintergrund. Wie kommt man bitte darauf, dass ich Borderline habe? So ein Quatsch! Ritze ich mir die Arme auf? Nein. Renne ich ständig aufs Klo, um zu kotzen? Nein. Nehme ich Drogen und besaufe mich übermäßig? Nein. Ich habe keine Persönlichkeitsstörung, das ist doch absurd.

Die sollen endlich raffen, dass ich manisch-depressiv bin, mir meine Tabletten geben und mich hier rauslassen!

Frau Kolb verabschiedet mich nach weiterem dämlichen Gesülze. Psychogequatsche. Ich gehe mit hochrotem Kopf zur Station.
Das Haarmodel drückt mir zur Begrüßung einen Stapel Bettzeug in die Arme. „Heute ist Putztag..."
Ich stampfe wütend in mein Zimmer, schmeiße die Sachen auf den Boden. Reiße das alte Bettzeug runter. Persönlichkeitsstörung – ich? Toll – warum lässt sich diese beschissene Decke nicht beziehen? Wo ist eigentlich Miss Psychiatrie? Muss ich hier wieder alles alleine machen, oder was? Verdammt, kotzt mich diese ganze Scheiße hier an!
Die Tür geht auf, Miss Psychiatrie schaut ins Zimmer.
„Entspannung, Christin..."
„Hä? Ich kann immer noch sehr gut allein entscheiden, wann ich mich entspanne und wann nicht – verstanden?!"
„Oh, oh, oh – Ich meinte nur, dass jetzt Entspannungstherapie ist. Wie bist du denn drauf, Mausi? Voll fett ey."
Sie starrt mich ungläubig an.
Ich streiche mir durchs Gesicht. „Sorry – ich komm gleich, okay?!"
Miss Psychiatrie räuspert sich. „Mach nur. Ich warte dann mal lieber draußen."
Tür zu. Ich stöhne genervt auf und lasse meine halbbezogene Bettdecke auf dem Boden liegen.
Miss Psychiatrie, der Affe, der Papagei, der Kartenhäuschenjunge und Andrea sind auch mit von der Partie. Dazu eine Hippie-Braut mit langem Haar, das sie mit einem Blumenhaarband zurückhält – ist wohl die Therapeutin. Wir gehen alle zusammen in ein kleines Zimmer, das rundherum mit giftgrünem Gummi ausgelegt ist. Eine riesige, ebenfalls giftgrüne Gummiliege füllt den halben Raum aus. An der Decke bilden kleine Lichter auf schwarzem Grund einen Sternenhimmel. In der Ecke hängt eine Kamera.
„Das ist die Gummizelle", raunt mir Miss Psychiatrie zu und ich lache. Bei Saunamusik massieren wir uns gegenseitig den Rücken. Entspannen kann ich mich trotzdem nicht.

Als wir rauskommen, steht der Öko schon da und sagt, dass wir weiterputzen sollen. Miss Psychiatrie hat Ergo, also muss ich den ganzen Scheiß alleine machen. Als ich fertig bin, lasse ich mich erschöpft ins Bett fallen.
Die Tür geht auf und der Öko kommt rein: „Na, na, na, Christin. Du liegst ja schon wieder im Bett. Hast du schon geputzt?"
Ich funkele ihn böse an. „Ja."
Er streicht mit dem Zeigefinger über eins der Regale und betrachtet ihn demonstrativ. „Sicher, dass du schon geputzt hast?"
„Ja, verdammt."
„Na, das musst du noch ein bisschen üben. Wisch noch mal drüber, Christin."
„Das können sie vergessen."
„Ach, ist sich Madam zu fein dafür?"
„Ich habe gerade schon geputzt."
„Tja, Christin. Solange du hier bist, tust du das, was wir dir sagen – glaub mir, putzen hat noch niemandem geschadet. Da lernst du doch gleich noch was fürs Leben." Er setzt ein provokatives Lächeln auf und verlässt singend den Raum.
So ein eingebildetes Arschloch! Diesmal schrubbe ich so wütend über die Regale, dass die Farbe gleich mit abgeht. Der Öko wollte ja, dass ich es ordentlich mache. Das kann er haben. So ein Wichser! Und das hier sind meine Sommerferien, ja? Erziehungscamp, oder was? Ich bin manisch-depressiv, nicht schwer erziehbar. Und erst recht habe ich keine beschissene Persönlichkeitsstörung. Oder doch? Ach, scheiße, was weiß ich schon? Der nasse Putzlappen klatscht an die Wand.

Miss Psychiatrie kommt ins Zimmer, setzt sich aufs Waschbecken und stylt sich. Der Papagei kommt wie ein Hündchen hinterher gelaufen, um sich Schminkzeug von ihr zu leihen. Sie muss sich mit den Magersüchtigen das Zimmer teilen, seit sie von ihrer kleinen Ausreißtour zurückgekommen ist – die wollen verhindern, dass Miss Psychiatrie und sie Scheiße aushecken.
Miss Psychiatrie zieht ihre Stöckelschühchen an und schaut

gelangweilt. „Wir gehen jetzt kegeln."
Ich stehe auf, schlüpfe in meine Chucks und streife mir lustlos meine schwarze Frühlingsjacke über. In der Zeit, in der ich das tue, wird Miss Psychiatrie zurück ins Zimmer geschickt, um sich andere Schuhe anzuziehen. War klar.
Wenig später sitzen wir in einem winzigen Kegelschuppen. Der befindet sich in einem zwielichtigen Keller, in einer noch zwielichtigeren Gasse. Dämmrig, Musik von MDR1 und ein Kellner, der pausenlos Gläser mit einem blauweiß-karierten Stofftuch poliert.
Warum, um alles in der Welt, gehe ich kegeln, wenn ich doch therapiert werden sollte? Kann mir das jemand erklären? Nein, sicher nicht – braucht ja alles seine Zeit, nicht wahr? Wir müssen dich ja erstmal kennenlernen, Christin. Scheiße, das versuche ich schon seit sechzehn Jahren erfolglos. Sie brauchen mich nicht kennenzulernen, um mir Tabletten zu geben. Ich will endlich, dass das alles vorbei ist – dass ich raus kann, aus diesem Scheißschuppen hier.
Ich lasse meine Kugel rollen. Alle Neune fallen. Ist mir doch egal. Ich hasse mein Leben. Ich hasse mich selbst. Ich hasse es, dass ich darüber nachdenken muss, ob ich eine Persönlichkeitsstörung habe oder nicht. Doch genau das tue ich, indem ich tausende von Kindheitserinnerungen durchgehe.
Da sehe ich die kleine Chrissi, wie sie vorm Ententeich steht, ganz allein, und ins Wasser starrt. Ein Mädchen fragt sie, ob sie traurig sei, weil sie schon so lange da stände, sie rennt einfach weg, ohne zu antworten. Dann sehe ich meinen Vater, noch dreckig von der Arbeit – er kommt nach Hause, setzt sich an den Tisch. Er fragt gereizt, warum die Wäsche noch nicht gewaschen wurde. Meine Mutter erklärt ihm, dass sie den ganzen Tag schon geputzt hätte; er schreit aufgebracht, dass meine Schwester ja auch mal was im Haushalt machen könnte und warum wir es nicht gebacken kriegen würden, das Haus sauber zu halten, wenn er doch schon den ganzen Tag arbeite. Meine Schwester steht auf, rennt die Treppe hoch und knallt die Tür zu. Meine Mutter weint. Mein Vater setzt sich an den Tisch und isst, wo mein Bruder und ich uns ratlos anschauen. Ich sitze auf der Schaukel im Garten, es ist schon dunkel. Ich friere, doch ich

will nicht rein – sie streiten sich, bemerken es nicht, dass ich schon seit Stunden hier draußen sitze und warte, dass mich jemand ruft. Ich sehe mich im Unterricht sitzen, als kleines Kind und ich soll ein Bild malen, von meiner Mutter – doch ich kann es nicht, weil ich sie schon so lange nicht mehr gesehen habe, sie jedes Mal anders aussieht, wenn sie wieder aus der Klapse kommt. Ich umarme meine Mutter. Glücklich, dass sie wieder da ist. Eine Woche später ist sie wieder in der Psychiatrie. Meine Schwester zündet sich an der Ecke eine Zigarette an. Sie ist erst zwölf. Nachmittags hängt sie mit den Nazis an der Tanke rum. Mein Vater brüllt mich an, weil ich wieder keine Hausschuhe trage, dann gibt es ein paar auf den Hintern.

„Christin, alles klar bei dir?"

Ich zucke zusammen.

„Ja, ja, passt schon." Ich streiche mir übers Gesicht. Werfe eine Kugel. Sieben Kegel fallen. Gehe zurück in meine dunkle Ecke. Sitze schweigend da. Verziehe mich weiter – weiter in meine Vergangenheit.

Ich ducke mich, um den Hausschuh nicht abzukriegen, den Papa mal wieder aus lauter Wut nach uns wirft. Meine Mutter trägt mich tröstend durch das Haus. Ich hatte einen meiner Asthmaanfälle – hatte mich so aufgeregt, dass ich blau angelaufen bin. Meine Schwester kommt heulend aus dem Schlafzimmer unserer Mutter, wo sie schon den ganzen Tag saß, ihre Hand gehalten hat. Sie schickt mich zu den Nachbarn. Später erfahre ich, dass Mama zu ihr gesagt hat, sie solle ihr den Autoschlüssel bringen, damit sie vor den nächsten Baum fahren könne.

Kapitel 10:

Das Erwachsenwerden

Sexualtherapie, Ergotherapie, Entspannungstherapie.
Die Tage verstreichen zäh und trotz all dem Therapiegequatsche kommen mir meine Leidensgenossen manchmal fast schon normal vor. Fast. Als ich eines Nachmittags in mein Zimmer trete, tanzt Miss Psychiatrie aufreizend durchs Zimmer. Die Einschüchternde schimpft, dass sie damit aufhören, sich abschminken und sich gefälligst etwas Ordentliches anziehen solle – bei dem Fummel könne sie ja auch gleich nackt rumlaufen. Miss Psychiatrie lässt daraufhin ihr Kleid vom Körper gleiten. Sie hat nichts drunter. Der Schwester fehlen die Worte und mein Mund will nicht mehr zugehen.
Später sitze ich mit Miss Psychiatrie im Fernsehraum. Allein. Wir ziehen uns eine Mystery-Serie nach der anderen rein.
Miss Psychiatrie schaut mich an. „Weißt du was, Mausi? Ich sehe auch manchmal Geister. Voll fett, oder?"
Ich ziehe eine Augenbraue nach oben. „*Genau*."
Miss Psychiatrie starrt mit weit aufgerissenen Augen aus dem Fenster, deutet auf einen der Bäume. „Da. Scheiße, siehst du das auch? Da sitzt jemand im Baum. Scheiße Christin, guck doch mal."
„Nee du, da ist nix."
„Doch, ganz sicher."
Jetzt lache ich. „Hör auf mich zu verarschen."
Miss Psychiatrie grinst zufrieden. „Das würde ich doch nie tun."
In der Serie, die wir schauen, träumt ein kleines Mädchen immer davon, was der Mörder als Nächstes tun wird. Miss Psychiatrie sagt geheimnisvoll: „Du, aber ich habe wirklich schon mal Geister gesehen. Ohne Scheiß, jetzt."

„Aha. Weiß deine Psychologin davon?“
„Natürlich nicht. Dann behalten die mich noch länger hier. Ich hab’s meiner Ma schon gesagt: Für jeden Tag meiner Ferien, den ich hier bin, werde ich dann einen Tag in der Schule fehlen.“
Ich bringe es nicht fertig, einzuschätzen, inwieweit das, was sie sagt, sinnvoll oder ernst gemeint ist, da sie plötzlich meine Hand nimmt. Sie flüstert: „Ganz schön gruselig, der Film, findest du nicht auch?“
„Hm.“ Du aber auch, Mädchen.
Sie kuschelt sich an mich. Zwickt mich neckend in die Seite. Kitzelt mich durch und liegt dabei halb über mir. Ihr T-Shirt ist verrutscht und ihre Brüste gucken raus. Sollte ich jetzt beschämt zur Seite schauen, oder hat sie es regelrecht darauf angelegt?
Ich starre auf den Bildschirm.
Sie drückt meine Hand fester. Unsere Beine liegen auf einem dieser großen Stoffwürfel. Ihr Fuß reibt an meinem. Mein Atem wird schneller. Unsere Füße werden immer wilder. An meinem Oberschenkel krabbeln Ameisen lang.
„Wirklich spannend ... der Film ... mein ich.“
„Na, bekommst wohl schon Angst, Mausi?“
„Ein wenig ...“
Ihr Fuß wandert an meinem Bein hoch. „Du bist echt süß, weißt du das.“
Ich lache unbeholfen.
Die Tür geht auf. Andrea und der Papagei stehen im Raum.
„Die haben den Garten zugeschlossen. Können wir uns zu euch setzen?“
Ich nicke. Miss Psychiatrie kuschelt sich weiter an mich, während unsere Füße miteinander spielen.
Wir schrecken auf, als das Haarmodel plötzlich in der Tür steht. Sie flüstert: „Nee, oder? Ihr seid ja immer noch hier. Ab ins Bett.“
Im Flur verabschieden wir uns voneinander. Andrea und der Papagei verschwinden im Zimmer der Magersüchtigen, Miss Psychiatrie und ich in unserem. Ich schließe nervös die Tür.
Miss Psychiatrie berührt meinen Arm „Wollen wir noch eine Runde Twister spielen?“

Ich kratze mir am Kopf. „Ja, warum nicht?"
Wir breiten die Plane auf dem Boden aus.
„So Mausi, du fängst an. Einmal drehen, bitte." Sie schaut auf das Rad. „Okay, linker Fuß auf Rot." Ich setze meinen linken Fuß auf das zweite rote Feld – halber Spagat. Dann drehe ich die Scheibe. „Deine rechte Hand auf Gelb, Sandra." Sie wählt das dritte Feld, wodurch sie sich ziemlich weit vorbeugen muss. „Rechte Hand auf Grün." – Ich lache nervös und setze meine Hand auf das erste grüne Feld. Jetzt sind unsere Gesichter nur noch wenige Millimeter voneinander entfernt ... Sie schaut mich intensiv an. Ich würde mir jetzt gerne die Haare verwuscheln, doch meine linke Hand ist inzwischen auf Blau. Sandras Hand streift meine, bevor sie ein gelbes Feld berührt. Ihr rechtes Bein schlängelt sich zwischen meinen Beinen durch, auf ein rotes Feld. Der Rock ist nach oben gerutscht, das Bein heimlich glatt rasiert. Wieder sind sich unsere Gesichter schrecklich nah. Sie kichert, schaut mich provokant an. Was spielt sie nur mit mir? Ich bin es nicht gewohnt, nur eine Nebenrolle zu haben. Nicht selbst die Regie zu führen, in meinem eigenen Film. Wenn du mich nicht gleich küsst, dann ... Ich krache zusammen. Meine Beine zittern. Sandra lacht darüber. Ich stehe auf. Verwuschele meine Haare, berühre Miss Psychiatries Schulter. Streiche langsam und zitternd an ihrer Seite lang. Lasse meine Hand auf ihrer Hüfte liegen.
Sie schaut mich an. Ich beiße mir auf die Lippe, ziehe sie zu mir ran, öffne den Mund und... Die Tür geht auf. Verdammt.
Das Haarmodel. „Ihr seid immer noch nicht im Bett."
Ja, leider. Aber sie hat nicht gesagt, dass wir in verschiedene Betten gehen sollen, oder?
„Geht jetzt schlafen, sonst könnt ihr eure Punkte vergessen."
Das Haarmodel zieht ab. Miss Psychiatrie geht zum Bett, zieht sich aus und ihr Nachthemd drüber. Mir ist das peinlich – ich verschwinde auf dem Klo. Wieder im Zimmer angekommen, wasche ich mir mein Gesicht kalt. Meine Zähne sind inzwischen auch geputzt. Bisher kein Wort von ihr. Ich bleibe vorm Waschbecken stehen. Nichts passiert, also lege ich mich auf mein Bett, sage frustriert „Nacht" und drehe mich auf die Seite.

Zum Glück beginnt nach diesem verwirrenden Abend das Wochenende. Miss Psychiatrie ist weg und ich habe endlich Tagesurlaub – darf die Station also von acht bis achtzehn Uhr verlassen. Ich spreche mich mit meinem Bruder aus. Er scheint die Tatsache, dass ich in der Psychiatrie sitze, inzwischen verkraftet zu haben; nachdem ich ihm erzählt habe, dass die mich dort weder ans Bett fesseln noch mit Drogen zupumpen würden.
Sonntags sitze ich tagsüber zuhause und bastele den ganzen Tag am Film für meine Schwester. Er ist schon fast fertig. Dann muss ich doch wieder in die Klapse.
Miss Psychiatrie begrüßt mich mit der Frage, ob ich mit ihr Twister spielen wolle. Ich habe eigentlich keine Lust dazu, kann aber nicht nein sagen. Diesmal löst das absolut nichts bei mir aus. Sie ist schließlich erst *vierzehn* und auch nicht besonders spannend. Ist eh immer das Gleiche bei mir: am einen Tag finde ich einen Menschen unglaublich faszinierend und anziehend und am nächsten hat er schon jeglichen Reiz für mich verloren. Aber so geht es mir ja auch mit mir selbst.
Als ich Frau Kolb am Montag mit hochrotem Kopf erzähle, dass ich Freitag dachte, auf Miss Psychiatrie zu stehen und dass das doch nur wieder eine meiner *manischen* Phasen gewesen sei, lacht sie. Als ihr auffällt, dass sie wohl indiskret ist, räuspert sie sich und setzt ein ernstes Gesicht auf.
„Christin, mir fällt auf, dass du immer davon sprichst, manisch zu sein, wenn dir etwas an dir nicht passt. Aber ich glaube du musst ein Stück weit akzeptieren, dass manche Sachen einfach zu dir gehören. Es ist völlig normal, dass man mal jemand attraktiv oder sexuell anziehend findet. Klar ist das manchmal irritierend, aber es gehört zum Erwachsenwerden einfach dazu." Sie lächelt.
„Danke – aufgeklärt wurde ich schon."
Sie lacht erneut. „Mach dir nicht selbst immer so einen Stress. In deinem Alter wissen viele noch nicht, was sie wollen, mit einer Manie hat das jedenfalls nichts zu tun."
Zurück im Zimmer finde ich ein wirklich tolles Szenario vor. Mitten im Raum steht Miss Psychiatrie und lässt sich von dem Affen und

den Kindern Cremes, Deos, Taschentücher, Papierfetzen, Haarwäsche und Seifen geben. Dann stopft sie sich alle in ihren Mund! Beißt von der Seife ab, sprüht sich Deo in den Rachen, spritzt die Creme aus der Tube. Immer rein damit. Ausnahmslos und gnadenlos schluckt sie alles runter, was ihr unter die Augen kommt. Beim Publikum hinterlässt sie eine Mischung aus Ekel und Faszination. Bei mir nur die Frage: „Wie blöd kann man sein, Mädchen?"
Meine Pflegeprodukte verstecke ich schnell unter meinen Klamotten. Ein Schutz vor der allesfressenden Raupe. Schließlich will ich nicht dafür verantwortlich gemacht werden, wenn ihr meine Enthaarungscreme die Organe wegätzt.

Besuchszeit. Ich gehe mit meiner Mutter und Matthias essen und rege ich mich über Miss Psychiatrie und die anderen auf Station auf. Sage, wie sehr mich das alles nerve, dass ich nie meine Ruhe habe, mich nicht mal unbeobachtet umziehen könne, weil wegen Miss Psychiatrie ständig einer der kleinen Jungs ins Zimmer gerannt komme.
Meine Mutter fragt daraufhin, ob mir die Therapie wenigstens etwas bringen würde, schließlich sei ich jetzt schon zwei Wochen dort. Ich finde keine klare Antwort darauf. Meine Mutter zieht an ihrer Zigarette. „Das klingt ja alles nicht so toll. Wenn du willst, dann ruf ich da an, damit du so schnell wie möglich entlassen wirst."
Ich verwuschele meine Haare.
„Außerdem kannst du dann mit an die Ostsee! Das wäre so schön."
Der Kellner kommt mit unseren Chicken Wings angelaufen, wir schnappen sie uns und fangen an, sie abzuknabbern. Nach dem dritten Chicken Wing sagt meine Mutter: „Gut, ich werd gleich morgen mal anrufen und denen Bescheid geben. Dann kommt mein Schnuppi wieder nach Hause. Ich freu mich so. Und die Katze erst. Die steht jede Nacht vor der Wohnzimmertür und schreit, weil du nicht da bist."
Ich lächele unbeholfen.
Was ist nur los mit mir? Jeder normale Mensch würde doch jetzt himmelhoch jauchzend in die Höhe springen. Und ich?

Ich könnte fast heulen. Ich will nicht weg. Noch nicht. Mittlerweile fühle ich mich doch auch ganz wohl hier. In der Psychiatrie. Irgendwie beschützt. Vor der Welt. Vor mir.

Kapitel 11:

Die ganz normale Jugendliche

Frau Kolb lächelt. „Christin, ich habe deine ganzen Fragebögen ausgewertet und hab mich auch noch mal mit den Schwestern unterhalten, über dich und darüber, was sie in den letzten Tagen so an dir beobachtet haben und wir sind zu dem Schluss gekommen, dass du nicht manisch-depressiv bist."

„Ich bin nicht manisch-depressiv?"

„Du guckst so erstaunt."

„Wie würden Sie gucken? Ich werde nach einem einzigen Gespräch sofort mit der Diagnose manisch-depressiv eingewiesen, muss auf meine Sommerferien verzichten, auf meinen Urlaub, und jetzt habe ich mich gerade an den Gedanken gewöhnt, dass ich mein ganzes Leben lang Tabletten nehmen muss und ein Psycho bin, und da kommen Sie und sagen mir, dass es auf einmal doch nicht so ist. Das ist ja schon komisch, oder nicht?"

„Ja, das verstehe ich, Christin. Ich meine, gut gelaufen ist das mit der übereilten Diagnose nicht; aber ich muss ganz ehrlich sein: Wenn ich, wie Frau Kant, nur ein einziges Gespräch mit dir gehabt hätte, dann wäre ich wahrscheinlich auch erstmal ein Stück weit davon ausgegangen, dass du manisch-depressiv bist. Schließlich waren deine Mutter und du schon davon überzeugt, bevor du überhaupt ärztliche Hilfe in Anspruch genommen hast. Ich denke, dass es die richtige Entscheidung war, dich hierher zu schicken, schließlich konnten wir hier erkennen, dass die Dinge gar nicht so schlimm sind, wie sie anfangs vielleicht aussahen."

„Ja, schon. Aber was ist denn dann mit mir los, wenn ich *nicht* manisch-depressiv bin?"
„Das ist schwer zu sagen, Christin. Es ist schon so, dass du ein Stück weit zur Zyklothymie neigst, also sehr stark abgeschwächte manische und depressive Phasen erlebst. Diese Phasen liegen bei dir aber noch im normalen Bereich."
„Also bin ich doch manisch-depressiv – was denn nun?"
Frau Kolb lacht. „Ach Christin, ist es wirklich so wichtig für dich, irgendeinen Stempel aufgedrückt zu bekommen?"
„Ich will einfach Klarheit."
„Gut, ich versuche dir, den Unterschied zu erklären. Es ist so, dass du wie ein Manisch-Depressiver einer labilen Stimmungslage unterworfen bist. Du nimmst deine Umgebung sehr intensiv wahr, hast Phasen, in denen du sehr euphorisch bist und wiederum Phasen, in denen du sehr traurig bist und das über einen langen Zeitraum hinweg. All das ist der bipolaren Störung ähnlich. Der entscheidende Unterschied ist aber, dass du die Kontrolle über dich in diesen Phasen nicht völlig verlierst – du hast zwar den Gedanken, fliegen zu können, probierst es aber nicht aus, wie es ein Manisch-Depressiver vielleicht tut; du hast zwar Selbstmordgedanken, aber du springst nicht aus dem Fenster, wie es ein Manisch-Depressiver vielleicht tut. Verstehst du?"
„Und wenn ich aus dem Fenster springen würde, dann wäre ich manisch-depressiv, oder was?"
„Nein, so einfach ist es leider auch nicht. Weißt du, da draußen, da laufen tausende von depressiven oder auch manisch-depressiven Menschen rum, aber die springen ja auch nicht alle gleich aus dem Fenster, oder? Bei jedem äußert sich die Krankheit ein Stück weit anders, es gibt verschiedene Ausprägungen, verschiedene Symptome, verschiedene Abweichungen, verschiedene Ursachen – es gibt bei psychischen Krankheiten keinen Standard, man kann nicht sagen, so und so ist es und nicht anders. So ist auch der Übergang von der Zyklothymie zur manisch-depressiven Erkrankung fließend. Oft weisen Verwandte Manisch-Depressiver eine ähnliche Symptomatik auf wie du, weil sie die entsprechenden Anlagen durch Vererbung

nun einmal in sich tragen. Leider ist es auch nicht ausgeschlossen, dass ein Mensch, der zur Zyklothymie neigt, später einmal manisch-depressiv wird. Ich möchte dir keine Angst machen, aber du wolltest Klarheit und die versuche ich, dir zu geben. Dein entscheidender Vorteil ist, dass *du* lernen kannst, dein Verhalten ein Stück weit zu kontrollieren und richtig mit deinen Stimmungen umzugehen. Du kannst lernen, dein Leben zu kontrollieren und somit verhindern, dass die Krankheit irgendwann dich kontrolliert."

„Mit Tabletten?"

„Besser ohne."

„Was heißt *besser* ohne?"

„Das heißt, dass wir dir jetzt natürlich Tabletten verschreiben könnten, dass ich das aber nicht für sinnvoll halte. Ich halte nicht viel davon, so junge Menschen wie dich schon an Tabletten zu binden. Du bist erst sechzehn, du entwickelst dich noch. Einige Dinge werden sich auch ein Stück weit von allein einpendeln, wenn die Probleme, die das Erwachsenwerden mit sich bringt, weniger werden. Es ist einfach so, dass es von den Präparaten, die wir dir geben könnten, keine Langzeitstudien mit Jugendlichen gibt. Das heißt, es ist nicht erforscht, wie sich die Tabletten dauerhaft auf dich auswirken, ob sie irgendwelche Spätfolgen hinterlassen und all das. Ich denke einfach, es ist besser für dich, wenn du es *ohne* Tabletten versuchst. Denn ich möchte, dass du, wenn du hier rauskommst, ein Stück weit das Leben einer ganz normalen Jugendlichen führen kannst, die du im Grunde genommen auch bist. Wenn du jeden Morgen Tabletten schlucken müsstest, hätte das nicht mehr allzu viel von einem normalen Leben, nicht wahr?"

„Ja. Schon. Ich weiß nicht. Das ist alles ein bisschen viel gerade. Ich bin gar nicht manisch-depressiv." Ich lache. „Also kann ich jetzt nach Hause gehen, oder was?"

„Prinzipiell ja. Wünschenswert wäre es, wenn du noch ein Weilchen bei uns bleibst."

„Wieso?"

„Nun, da gibt es für mich zwei Gründe: Der erste ist, dass wir zwar schon eine Menge für dich erreicht haben, aber ich denke, dass ein

paar Dinge, ein paar Strukturen, noch ein Stück weit gefestigt werden müssten in den nächsten Wochen; dass du noch besser lernen solltest, deiner Stimmung ein Stück weit entgegenzuwirken, statt dich widerspruchslos in sie reinfallen zu lassen. So was geht nicht von heute auf morgen, deshalb hätte ich gerne mehr Zeit mit dir."
„Okay. Und der zweite Grund?"
„Nun ja, hier geht darum, dass du noch ein wenig Abstand von deinem Umfeld zu Hause bekommen solltest. Ich glaube ganz einfach, dass sich nicht viel ändern würde, wenn wir dich jetzt schon entlassen, dass du dich schnell wieder in deine Probleme reinsteigern könntest. Es ist wichtig, dass wir dein Selbstwertgefühl steigern, auch deine Selbstständigkeit, um dir die Chance zu geben, dein Leben selbst in den Griff zu bekommen und dich auch ein wenig von deiner Mutti abzunabeln, wenn du wieder draußen bist."

Zurück auf Station drückt mir der Öko das Telefon in die Hand. Meine Mutter. „Na Schnuppi."
„Na."
„Ich hab' heute mit der Frau Dachs gesprochen wegen deiner Entlassung. Die will in den nächsten Tagen ein Gespräch veranlassen, mit uns beiden, wo sich das dann entscheidet."
„Ja, okay, Mama. Du, Frau Kolb hat heut die *Analysierphase* beendet. Ich bin doch nicht manisch-depressiv. Habe nur Zyklothysie, oder so."
„Ja, Zyklothymie. Ist die Vorstufe. Das haben sie bei mir auch zuerst festgestellt."
„Na ja, aber Frau Kolb meint, dass ich das auch so hinbekomme, ganz alleine und ohne Tabletten und sie sagte, dass die Krankheit bei mir gar nicht ausbrechen muss."
„Aha ... Also, als ich heute mit Frau Dachs telefoniert hab, da war die sich noch nicht so sicher, ob du nicht vielleicht doch Tabletten bekommen sollst ... Ich habe ja auch oft lange symptomfreie Phasen, was ja nicht heißt, dass ich deshalb gesund bin."
„Echt? Ach na ja, die ist eh blöd, die Alte. Die hat nix zu sagen."
„Ach, mir kam die eigentlich ganz kompetent vor und letztendlich

ist sie deine Ärztin – die Kolb führt nur die Gespräche, Frau Dachs könnte über Medikamente entscheiden."
„Ach wo, ich brauche keine. Frau Kolb hat mir doch heute erzählt, dass ich ein ganz normales Leben führen kann, dass ich mich einfach zu sehr hab' reinfallen lassen in die ganze Geschichte. Mama, ich bin eigentlich gar nicht richtig krank."
„Das ist schön, Schnuppi. Also kommst du mit in den Urlaub, ja? Ich hab's den andern schon gesagt – die freuen sich."
„Ähm – na ja, du, ich weiß noch nicht so recht. Vielleicht sollte ich noch hier bleiben, weil ..."
„Ich denk, du bist gar nicht krank. Also Beschäftigungstherapie kann ich dir auch an der Ostsee bieten – da spielen wir Karten oder Wasserball, oder malen was und Gespräche kannst du auch haben, alle Nase lang, Schnuppi. Du musst doch nicht in der Klapper sitzen, wenn die eh denken, dass du nix hast."
„Ja, hast wahrscheinlich Recht. Na gut, wir wollen jetzt fernsehen. Also bis morgen dann."
„Okay. Hab dich lieb."
„Ja. Also dann – tschau."
Nein Mama – ich muss nicht in der Klapper sitzen, aber ich *will*.
Ich will.
Ich schnappe mir mein Zeichenzeug und singe vor mich hin.

Die Sonne geht auf, die Vögel piepsen. Es ist schon halb fünf.
Ich liege grinsend im Bett, schmiede wilde Zukunftspläne: Ich will nach der Schule ein Jahr lang in einer großen Stadt – Berlin, oder warum nicht gleich New York? – die Menschen auf der Straße zeichnen; will mir eine Rolle in einer Soap schnappen; den Durchbruch als Schriftstellerin wagen. Es macht Spaß, mir vorzustellen, was ich in diesem Leben noch alles erreichen möchte, was ich noch erleben und ausprobieren will. Plötzlich ist da wieder eine Zukunft für mich – eine Zukunft, die *nicht* nach regelmäßigen Psychiatrieaufenthalten, Tablettenschlucken und Elektroschocks aussieht.
Bei all den Überlegungen denke ich an Frau Kolb. An Frau Kolb, die mich wieder ins Leben zurückgeholt hat.

Ich denke auch an ihr Lächeln. An ihr ‚ein Stück weit' und an ihre hellblauen, frechen Augen. Den kleinen Schmollmund. Die Lachfältchen am Augenrand und an ihre Grübchen. An ihre Stimme, ihre unglaublich tolle Stimme, die genauso frech ist wie ihre Augen ... Ich kann es nicht besser erklären. Wenn mir selbst beim Schreiben die Worte fehlen, dann kann das nur eines bedeuten: Ich bin ziemlich verknallt. In sie.
Niemand darf etwas davon erfahren.
Es wäre mein persönlicher Untergang, wenn sie mir plötzlich eine andere Psychologin vor die Nase setzen würden.

Kapitel 12:

Die Entscheidung

In der darauf folgenden Woche lebe ich mich voll in der Psychiatrie ein, blühe regelrecht auf. Ich habe viel Spaß mit den anderen Patienten, habe mich an den Alltag gewöhnt. Auch die Schwestern stressen nicht mehr so. Wir machen viele Ausflüge – gehen ins Kino, Eis essen, in ein Museum, in den Park. Ich fühle mich wohl. Liege mit den anderen im Garten in der Sonne, albere mit ihnen herum als würden wir uns schon seit Jahren kennen. Wenn ich Frau Kolb sehe, spielen meine Hormone verrückt, in der Mittagsruhe schreibe ich Gedichte über sie, male und singe dabei. Die Psychiatrie hat nichts mehr von einem Gefängnis – dass ich nur begrenzte Ausgangszeiten habe, stört mich nicht.

Doch dann besuchen mich meine Freunde, mit denen ich ursprünglich in den Urlaub fahren wollte.

Als ich ihre Silhouetten durch das Milchglasfenster sehe, bin ich ziemlich nervös. Es ist schwer, gedanklich von Psychiatrie auf normales Leben umzuschalten. Die drei gehören in mein Leben ‚draußen' – hier haben sie nichts verloren. Sie wirken wie knallbunte Figuren in einer schwarzweißen Geschichte.

Sichtlich unsicher warten sie, bis ich mich fertiggemacht habe und ich mir mein Portemonnaie von der Schwester aushändigen lasse. Die gibt uns zwei Stunden Zeit. Dann gehen wir in ein Eiscafé.

Im Eiscafé erzählen mir meine Freunde von *ihrem* Urlaub. Zeigen mir Fotos, machen ständig Insider-Witze, die ich leider nicht verstehe. Wenn ich von dem, was in der Psychiatrie so los ist, erzähle, können sie oft nur mit dem Kopf schütteln, haben Mitleid mit mir. Trotzdem tut es gut, sie zu sehen. Wir haben uns zwar jeden Tag

in der Handyzeit SMS geschrieben, aber persönliche Treffen oder einen gemeinsamen Urlaub kann das natürlich nicht ersetzen. Die zwei Stunden gehen schnell rum. Wir gehen zurück zur Station. Die Oberschwester, ein richtiger Hausdrache, schließt die Tür auf. Als meine Freunde hinter mir eintreten wollen, sagt sie emotionslos:
„Die können aber nicht mit rein."
Ich runzele die Stirn. „Warum?"
„Zum Schutz der anderen", sagt sie, als sei dies selbstverständlich.
„Es sind aber noch zwei Stunden Besuchszeit. Wir durften ja nur zwei Stunden draußen bleiben."
„Ich mach nur das, was man mir sagt." Sie schickt mich zu Frau Dachs. „Die wird dir schon sagen, dass du Unfug redest", sagt sie noch.
Ich gehe wortlos am Hausdrachen vorbei. Frau Dachs ist in einen Haufen von Unterlagen vertieft, als ich es wage, sie anzusprechen.
„Das hat doch überhaupt keiner gesagt, dass du deine Freunde mit reinnehmen darfst", sagt sie. „Es hieß: *zwei Stunden*."
„Oh, dann war das wohl mein Fehler ... Ich bin davon ausgegangen, dass ich die volle Besuchszeit ausnutzen kann. Wäre ja sonst auch ein bisschen ungerecht, nicht?"
„Das hätte dir eigentlich klar sein müssen, Christin. Freunde haben auf Station nichts zu suchen. Du kannst schon froh sein, dass du sie überhaupt sehen durftest."

Ich lege mich ins Bett und starre vor mich hin. Wer sind die, dass die mir verbieten können, meine Freunde zu sehen. Warum muss ich in der Psychiatrie eingesperrt sein und die können in den Urlaub fahren, feiern, im Park sitzen, Wein trinken, ins Kino gehen, machen, was sie wollen? Ohne dass immer ein Aufpasser daneben steht. Bin ich wirklich so anders als sie?
Jeden Satz fasse ich als persönlichen Angriff auf. Meine Reaktionen sind entsprechend genervt. Alles ist so intensiv. Meine Wahrnehmung zu stark. Geräusche unerträglich laut. Ein unwirkliches Leuchten der Farben. Ich drehe mich, um diesem bedrohlichen Leuchten auszuweichen. Doch egal, wo ich hinschaue, überall sind sie. Diese Farben.

Farben, über die *ich* sonst die Kontrolle habe. Jetzt scheinen sie mich zu kontrollieren.
Dieser verdammte Lärm! Ich drücke meine Ohren zu. Es wird nicht leiser. Draußen mäht jemand Rasen. In mir kocht die Wut. Dazu diese Angst, diese Ungewissheit. Ich stehe wackelig auf. Brauche kaltes Wasser in meinem Gesicht. Ich laufe: Alles, was ich sehe, scheint vergrößert. Passt nicht zu meinen Bewegungen. Ich gehe einen Schritt. Mein Blickwinkel ändert sich zu spät. Besoffen? Wovon? Alles dreht sich. Wie wenn man durch eine Brille guckt, deren Stärke zu groß ist. Ich zittere, will weinen, kann aber nicht. Wo sind Sie, wenn ich Sie brauche, Frau Kolb?
Als ich am nächsten Morgen aufwache, der gleiche Zustand. Mein Schädel wird jeden Moment platzen. Das sind zu viele Eindrücke. Zu viele, zu viele, für meinen kleinen Kopf.
Frühstück. Andrea erzählt mir was. Ich reagiere nicht. Zwei kleine Kinder spielen fangen. Rufen sich laut Dinge zu. Einer stolpert über meinen Fuß. Entschuldigt sich. Ich stehe da, sage kein Wort. Sehe nur die Wände, die sich auf mich zu bewegen. Schneller werdend. Bedrohlich. Sie wollen mich erdrücken.
Ich lege mich ins Bett.
Miss Psychiatrie kommt rein. Streicht mir den Arm entlang. „Hey, was ist eigentlich los mit dir?"
„Keinen Plan. Mir geht's nicht so. Mach dir nix draus."
Sie startet eine Durchkitzelattacke. Vergeblich.
„Spielst du mit Monopoly?"
Ich reagiere nicht. Sie deutet das als Zustimmung.
Draußen fällt Geschirr runter. Ich zucke zusammen. Die Wand wirkt bedrohlich. Kommt langsam näher. Ich schwitze.
„Jetzt würfel doch mal!"
„Was?"
„Du sollst würfeln, Christin." Miss Psychiatrie lächelt.
Sie drückt mir die Würfel in die Hand. Ich werfe sie. Sie rückt meine Figur vor. Kauft mir die Straße, auf der ich stehe. Was spielen wir hier eigentlich? Wer ist dieses Mädchen? Warum sitzt sie da? Wo sitze ich? Wer bin ich?

Es klopft ans Fenster. Ich zucke erneut zusammen. Irritiert drehe ich mich um. Mein Puls steigt.
Eine Frau mit kurzem matt-rosa Haar und schwarzer Brille. Mama, stimmt ja.
Was will sie hier? Richtig, das Gespräch. Richtig. Heute wird über meine Entlassung geredet. Übermorgen soll sie sein. Ich soll ja mit in den Urlaub. Ostsee, richtig. Weite Wellen. Meer. Beklemmende Freiheit. Ich lache.
Man hört es draußen klingeln. Eilende Schritte zur Stationstür. Der Schlüssel kratzt im Schloss. „Guten Tag, ich will zu Christin."
Mama steht im Raum. Lächelt mich an. Ich muss raus, sage ich, sie solle mit Sandra Monopoly spielen. Mama setzt sich zu ihr. Miss Psychiatrie erzählt ihr, dass sie sowieso immer gewinne.
Ich laufe vor die Tür. Renne Frau Kolb im Flur fast um. Unmittelbar vor ihr bremse ich erschrocken ab, springe einen Schritt zurück. So viel Nähe hält ja kein Mensch aus. Sie schaut mich besorgt an.
„Hast du überhaupt geschlafen, letzte Nacht, Christin?"
Ich gehe schon weiter. Nuschele „Ja, ja" und verwuschele meine Haare. Schnell zum Klo, Tür zu, abschließen. Bin ich hier sicher? Wohl kaum. Wieder diese pulsierenden Wände. Mein Gesicht im Spiegel ist verzerrt.
Ich lasse Mama und Miss Psychiatrie Monopoly spielen.
Lachen. Sprüche. Würfelgeräusche. Weit weg von mir. Weit weg von der Realität.

Kurz nachdem ich wieder ins Zimmer zurückgekehrt bin, kommt Frau Kolb. Nimmt mich und Mama mit in den Aufenthaltsraum. Ich setze mich mit verschränkten Armen hin. Zupfe an meinen Ärmeln rum. Wieder der gleiche rot-schwarze Pullover wie am ersten Tag. Wieder die gleiche Gestik.
Rücken Sie vor auf Los.
Frau Dachs mustert mich.
Der Vorhang bewegt sich. Beruhige dich, Christin, das ist nur der Wind. Der Raum stinkt. Meine Mutter zittert. Frau Kolb schaut immer noch besorgt, sie fragt: „Wie geht es dir, Christin?"

Ich starre geradeaus. Was soll ich sagen? Würden Sie mir glauben – mir, der ach so normalen Jugendlichen? „Nicht gut.“ Theatralischer Seufzer. „Ich weiß auch nicht. Ich komm mir vor, als hätte ich sonstwas genommen. Bin total durcheinander irgendwie.“
Die Vorhänge bewegen sich. Hin und her. Vorm Fenster laufen Leute lang. Ihre Augen blitzen kurz rot auf, als sie mich sehen. Ich schaue zu Boden. Wische mir mit der verschwitzten Hand übers Gesicht.
„Hallo? Christin – was ist nun?“ Stimmt, ich bin hier in einem Gespräch. Meine Mutter, Frau Kolb und Frau Dachs starren mich an. Stimmt ja.
„Hm?“
„Meinst du, wir können das Gespräch heute trotzdem führen, Christin?“
Ich verschränke meine Arme fester. Drücke meine Fingerkuppen in die Seiten. Schmerz. Ich lebe noch. „Passt schon.“
Wie soll ich mich bitte auf das konzentrieren, was hier gerade passiert? Eine Fliege. Sie summt umher, immer im Kreis. Ich darf sie nicht aus den Augen lassen. Hin und her. Hin und her.
„Wir sind ja nun zu dem Schluss gekommen, dass Christin nicht manisch-depressiv ist. Sie neigt ein Stück weit zu den Verhaltensweisen, hat die Anlagen – alles unumstritten – aber die Krankheit selbst ist es nicht. Deshalb möchten wir ihr auch keine Tabletten geben. Trotzdem würde ich es für richtig halten, sie noch ein paar Tage länger hier zu behalten, um das, was wir uns therapiemäßig erarbeitet haben, noch ein Stück weit zu vertiefen.“
„Und Sie denken, dass ihr ein paar Gespräche weiterhelfen? Also bisher kann ich noch keine Fortschritte sehen.“
Was, worum geht es hier gerade? Warum ist meine Mutter so gereizt?
„Ich denke, dass Christin schon eine Menge in der relativ kurzen Zeit mitnehmen konnte.“ Frau Kolb schaut mich fragend an. „Ist doch so, Christin, oder?“
Worüber reden die? Soll ich jetzt reagieren? Ich nicke. Gut, scheint richtig gewesen zu sein. Die roten Vorhänge kommen mir bedrohlich nah. Sie fliegen mir entgegen. Wollen mich einwickeln, festhalten, nie mehr gehen lassen.

„Ich denke nicht, dass sie noch keine Fortschritte gemacht hat. Sie lernt immer mehr, die Kontrolle über ihre Stimmungen zu behalten. Mich wundert es, dass gerade *Sie* erwarten, dass wir in zwei Wochen Wunder vollbringen. Ich denke, Sie wissen von Ihren eigenen Psychiatrieaufenthalten gut genug, dass es seine Zeit braucht, bis ein Patient etwas aus einer Therapie mitnehmen kann. Außerdem denke ich, dass Christin das Umfeld hier ganz gut tut."
„Also ich weiß nicht, was an diesem Umfeld gut sein soll. Je länger man hier ist, umso stärker glaubt man doch, krank zu sein. Wenn Sie meinen, dass mein Kind gesund ist, dann kann ich sie auch gleich wieder mit nach Hause nehmen." Meine Mutter weint fast. Sie ist knallrot im Gesicht. Was ist nur los? Streiten die sich?
Wegen mir etwa?
Frau Kolb lehnt sich ausdruckslos zurück. Das freche Blitzen aus ihren Augen ist verschwunden. „Dieses Umfeld hier wirkt sich positiv auf Christin aus, weil sie hier nicht ständig über ihre Probleme nachdenken muss. Den Leuten hier ist es egal, was mit Christin los ist. Sie leben miteinander zusammen und beschäftigen sich mit ganz normalen Dingen. Ich denke, dass Christin dieser Abstand ein Stück weit gut tut."
Meine Mutter schreit. Ich halte mir die Ohren zu. „Wollen Sie damit behaupten, dass es meiner Tochter nicht gut tut, mit mir zusammen zu sein?" Sie atmet schnell. Kriegt kaum noch Luft. Gleich wird sie umkippen.
„Nein, das habe ich doch gar nicht ..."
„Sie sagten, dass Christin das Umfeld zu Hause nicht gut tut. Und mit *Umfeld* sind doch dann wohl ich und mein Mann gemeint, oder etwa nicht?"
Ich schalte ab. Kann mir das nicht länger anhören. Streiche mir verwirrt über den Kopf. Lasse meinen Kaugummi im Mund auf und ab springen. Auf und ab.
Ich will nichts mehr hören von den beiden. Was soll das nur? Was bereden die hier eigentlich?
Man sollte nicht über mich reden. Das ist doch zwecklos.
„Wie geht's *dir* eigentlich, Christin?" Frau Kolb schaut mich an.

Mir? Wieso mir? Wie soll es mir schon gehen?
Meine Mutter: „Also ich denke, dass Christin gerade überfordert ist und nicht –"
„Mama, ich kann das auch allein!" Toller Auftritt, Christin.
Die Dachs schaltet sich ein: „Und, was hast du uns zu sagen?"
Ein wenig Zeit gewinnen ... „Also zuerst mal finde ich es ziemlich störend, dass hier die ganze Zeit in der dritten Person von mir geredet wird, obwohl ich anwesend bin."
Frau Kolb lächelt verständnisvoll. Da ist es wieder, dieses freche Blitzen, in ihren Augen. Ich grinse. Starre zu Boden. Meine Stimme ist noch tiefer als sonst. Kratzig, als wäre ich gerade erst aufgestanden: „Puh, ich glaub, es ist besser, wenn ich noch ein bisschen hier bleibe, Mama."
„Was? Warum denn das auf einmal? Und der Urlaub?"
„Mama, guck mich doch an – bitte. Ich kann nicht mit. Das geht nicht. Es ist noch viel zu früh dafür."
Sie lacht. „Und ich dachte, du hast dich auch auf den Urlaub gefreut!"
Scheiße, warum muss sie immer alles so persönlich nehmen? Warum habe ich ihr nicht von Anfang an gesagt, was Sache ist? Ich atme tief durch. „Ja Mama, ich habe mich auch auf den Urlaub gefreut ... Weißt du, ich will nicht, dass diese Scheiße bei mir noch schlimmer ausbricht. Verstehst du? Ich will mein Leben einfach wieder auf die Reihe kriegen."
„Also vor drei Tagen hast du mir noch erzählt, dass dir das hier überhaupt nix bringt, dass dir die Leute dermaßen auf den Keks gehen, dass du dich hier grundlos eingesperrt fühlst, dass alles hier sinnlos ist ..."
„Ja, vor drei Tagen war das auch so. Aber heute sehe ich das anders. Ich habe nun mal diese Stimmungsschwankungen und zu den entsprechenden Stimmungen gehören passende Gedanken."
„Sie sehen, meine Tochter sagt selbst, dass sie jeden Tag anders über die Fortschritte denkt, die sie hier macht, oder eben auch *nicht* macht. Kann man es dann überhaupt verantworten, dass sie so eine Entscheidung alleine treffen kann? Was wäre, wenn heute ein Tag wäre, an dem sie den ganzen Aufenthalt scheiße fände? Dann hätte

sie sich vermutlich für *mich* entschieden. Inwieweit ist das, was sie sagt, also ernst zu nehmen?"
Was ist bloß mit Mama los?
Frau Kolb unbeeindruckt: „Ich denke schon, dass Christin mit ihren sechzehn Jahren in einem Alter ist, in dem sie ein Stück weit selbst entscheiden kann, was richtig für sie ist. Und ich habe sie in keinem der Gespräche, die ich mit ihr geführt habe, in irgendeiner Weise als unzurechnungsfähig erlebt. Ich finde es gut, dass sie sich entschieden hat. Ihre Entscheidung zeigt mir, dass sie verantwortungsbewusst ist."
Ich verantwortungsbewusst? Seit wann das denn? Wenigstens bewegen sich die Vorhänge nicht mehr. Die Vorhänge sind so, wie Vorhänge zu sein haben.
Ich werde rausgeschickt. Die Dachs und Frau Kolb wollen mit meiner Mutter allein reden. Ich lasse sie zurück, habe einen fetten Kloß im Hals und ein verdammt schlechtes Gewissen.
Mir kommt es so vor, als hätte ich mich gerade nicht zwischen Urlaub und Psychiatrie entschieden, sondern zwischen meiner Mutter und Frau Kolb.

Die Mittagsrunde fällt aus, weil die drei immer noch über mich reden. Können die meine Mutter nicht einfach in Ruhe lassen?
Für uns ist Entspannungstherapie. Irgendwie realisiere ich erst jetzt, was gerade geschehen ist. Hat Mama wirklich gesagt: „Kann man es denn dann überhaupt verantworten, dass Christin so eine Entscheidung alleine treffen kann?"
So eine Scheiße.

Frau Kolb trifft mich auf dem Flur, nimmt mich mit in den Garten. Sie lässt sich anscheinend erschöpft auf einen der Stühle plumpsen. „Und, wie hast du das Gespräch eben empfunden, Christin?"
Ich murmele: „Sehr anstrengend. War alles ein bisschen viel, irgendwie." Meine Haare hängen mir ins Gesicht.
„Versteh ich. Ich weiß nicht, wahrscheinlich ist es ziemlich schwierig für deine Mutti, dass wir die Diagnose jetzt nicht bestätigt haben

– weil so ein Stück weit hat euch die Krankheit ja auch verbunden und na ja, ich würde schon behaupten, dass dieses enge, vertraute Verhältnis, das zwischen deiner Mutti und dir herrscht, auch durch die Krankheit, oder dadurch, dass ihr geglaubt habt, das gleiche Schicksal zu haben, entstanden ist. Hat deine Mutti ja in ihrem Oberarztbrief geschrieben, dass ihr dadurch erst ein Stück weit zu reden angefangen habt, weil du eben diesen Verdacht hattest; und auch dass ihr fast die ganze Zeit damit verbracht habt, der Krankheit entgegenzuwirken – mit Malen, mit dem Patientenchor von deiner Mutti, in den sie dich mitgenommen hat, mit dem Schlafentzug, dem Johanniskraut und diesen ganzen Dingen eben."

Ach ja, dieser scheiß Brief. Ich antworte nicht.

„Na ja, was ich eigentlich sagen will, ist, dass deine Mutti Zeit braucht, weil sie wahrscheinlich Angst hat, dass dieses gute Verhältnis zwischen euch ein Stück weit kaputt geht, wenn euch die Krankheit nicht mehr verbindet."

Ich verschränke meine Arme.

„Deshalb finde ich es gut, dass du noch länger hier bleibst, um wirklich auch ein Stück weit Abstand zu haben und dich selbst als normale Jugendliche wieder kennenzulernen. Deine Mutti und du, ihr sollt keineswegs euren Kontakt abbrechen – das würde euch wahrscheinlich beide nicht glücklich machen – aber ich finde schon, dass ihr euer Verhältnis auf eine andere Ebene setzen solltet. Es wäre besser, wenn ihr euch nicht gegenseitig mit euren Problemen belasten würdet und na ja, zum Beispiel nicht malen geht, weil das eine gute Beschäftigungstherapie ist, sondern wirklich nur, weil es euch auch Spaß macht, verstehst du?"

Ich zucke mit den Schultern.

Sie textet weiter, meint, dass es sie nicht traurig mache, dass ich zu meiner *Mutti* gesagt hätte, dass mich die Therapie nicht weiter bringen würde, weil das ganz normal sei und fast jeder im Laufe einer Therapie mal den Mut verlieren würde. Weiterhin sagt sie, dass ich täglich Fortschritte machen würde, auch wenn ich das vielleicht manchmal nicht sehen könne, woraufhin ich nur verbittert lächeln kann.

Stunden später sitze ich draußen im Garten auf der Schaukel. Der Öko kommt angelaufen und drückt mir das Telefon in die Hand. Ich weiß, dass meine Mutter am Hörer sein würde, und das macht mich nervös.
„Na, Schnuppi."
„Na ..."
Kurzes Schweigen.
Meine Mutter: „Und, geht's dir besser inzwischen?"
„Ja, schon. Und dir?"
„Mir auch. War schön spazieren mit Matthias und hab dann noch ganz lang mit der Oma geredet und jetzt hab ich mich wieder beruhigt."
„Also nicht schlimm, dass ich nicht mit in den Urlaub komme?"
„Du kommst ja nächstes Jahr wieder mit."
Dudley, ein kleiner hyperaktiver Junge, kommt an. „Ey, kannst du mal auflegen, meine Mama will auch noch anrufen."
„Warte mal, Mama, ich muss mal kurz einen Zwerg loswerden." Ich schaue Dudley an. „Also jetzt telefonier *ich* grad, okay? Danach kannst du das Telefon gerne haben." Ich mache eine Zieh-ab-Geste mit der Hand.
Meine Mutter: „Was war denn los?"
„Ach, so ein nerviger Ranzen wollte das Telefon haben, weil seine Mama angeblich anrufen will, aber das erzählt er jeden Abend, nur seine Mutter ruft nie an."
„Echt? Auch, traurig, oder?"
„Ja, schon." Ich senke meine Stimme. „Letztens wollten ihn seine Eltern auch nicht zum Wochenendurlaub abholen – da hat sich nämlich die eine Schwester drüber aufgeregt, dass die Psychiatrie ja kein Parkplatz ist, auf dem man seine Kinder wie einen Hund aussetzen kann, wenn man keinen Bock mehr auf sie hat. Schon krass eigentlich, aber ändert nix dran, dass der Zwerg mich zu Tode nervt."
Kurzes Schweigen. Dann sage ich: „Nochmal wegen Urlaub, mir wäre das einfach auch unangenehm gewesen, weil ja eure Freunde noch mitkommen und ..."
„Ist schon gut, Schnuppi."

Dudley quengelt: „Du bist so gemein. Leg jetzt endlich auf."
„Ja doch. Gleich, okay?"
Er verschränkt die Arme und stiert mich wütend an.
Ich atme einmal tief durch. „Geh noch mal für zwei Minuten weg und dann komm wieder, ja? Dann geb ich dir das Telefon."
„Dann aber wirklich, ja? Sonst petz ich's der Schwester."
„Ja, dann wirklich. Und jetzt ab."
Meine Mutter: „Hartnäckig ist er ja, nicht?"
„Das kann man wohl sagen."
Mama lacht. „Die Katze ist so dumm, die ist grade wieder seitlich am Sofa lang gerannt und voll vor die Wand geklatscht ..."
Ich lache betont laut, damit die Schwestern ins Buch schreiben, dass zwischen meiner Mutter und mir wieder alles im Reinen ist.
„Oh, jetzt lauert sie aber. Miezi, was is'n da? Och, ist da eine Fliege? Na jetzt aber schnell ..."
„Und, hat sie sie gefangen?"
„Nee, die sitzt da und meckert die Fliege an. Ach Miez, du bist so dumm ... Jetzt ist sie weggeflogen, na toll ..."
Ich lache.
„Na ja, aber wenigstens ist sie nicht so dumm wie Findus. Die Oma hat ja erzählt, dass sie schon überlegen, einen Hundepsychologen zu holen, wegen seiner *Treppenphobie*."
„Oh mein Gott, das wird ja langsam echt lächerlich."
„Was man nicht alles tut für sein Baby."
„Hundepsychologe, Mannomann."
Dudley tippt auf seine nicht vorhandene Uhr. „Zeit ist um."
„Ja, gleich."
Er presst sich eine Träne raus, seine Lippe zittert. „Du hast gesagt, dass du auflegst, wenn ich wiederkomme."
„Gut, ich leg jetzt auf. Also viel Spaß euch an der Ostsee."
„Ein paar Tage sind wir schon noch da ... wir müssen auch nicht fahren ..."
„Quatsch. Ihr fahrt, verstanden?! Macht euch einfach eine schöne Zeit, entspannt euch ein bisschen, und wenn ihr wieder da seid, komm ich ja auch bald nach Hause."

Kapitel 13:

Der Einfluss

Am nächsten Tag haben wir wieder Gruppentherapie. Auf den Tischen liegen mehrere Jugendzeitschriften. Der Affe hat sich eine *Bravo* geschnappt und blättert sie durch. Auf eine Seite starrt er besonders lang und intensiv – bestimmt die mit der Nackten ...
Ich liege mit dem Kopf auf der Tischplatte. Habe absolut keine Lust auf diesen Scheiß. Auch die restliche Gruppe wirkt wenig motiviert. Frau Kolb streicht sich eine Haarsträhne hinters Ohr.
Oh, Gott, wenn sie das macht, dann könnte ich sie ... Guck einfach nicht hin, Christin, dann passiert dir auch nichts. Frau Kolb stupst den Affen an. „Du kannst die Zeitschrift später angucken."
Der Affe wird knallrot und legt sie weg. Ja, es war bestimmt die Seite mit der Nackten.
Frau Kolb sagt, dass es heute um das Thema ‚Einfluss' gehen würde; fragt, ob jemand von uns schon einmal von einem anderen beeinflusst wurde, oder jemand beeinflusst hat.
Allgemeines Schweigen. Die einen betrachten ganz interessiert ihre Fingernägel, die anderen starren auf den Boden, wieder andere strecken sich erst mal. Erinnert mich irgendwie an Schule.
Frau Kolb wartet. Wir warten. Keiner sagt was. Dann erbarmt sich Andrea: „Also ich finde, dass man durch seine Freunde ziemlich beeinflusst werden kann. Gruppenzwang halt."
„Danke Andrea. Wie siehst du das denn, Ken?"
„Was, ich? Äh ja, kann schon sein, irgendwie", stammelt der Affe.
„Und wie wurdest du da beeinflusst?"
Er verschränkt bockig die behaarten Arme. „Weiß ich doch nicht."
„Na gut, musst ja nichts sagen, wenn du nicht willst ... wie ist das bei

dir Felix? Die Schwestern haben mir erzählt, dass du in letzter Zeit viele Schimpfwörter verwendest. Wo hast du die denn her?"
Der Kartenhäuschenjunge kichert. „Von Dudley. Der erzählt immer so geile Scheiße."
Dudleys Augen leuchten. „Der eine Junge an meiner Schule hat gesagt, dass er schon zwölf Schlampen gefickt hat."
Frau Kolb zieht eine Augenbraue hoch. „Und, das fandest du wohl toll, Dudley?"
„Na klar. Der ist einfach der Obermacker."
Frau Kolb nickt. „Ja, das ist ganz typisch. Von den Leuten, die man cool findet, kann man leicht beeinflusst werden. Man muss da nur aufpassen, dass andere das nicht ausnutzen, Dudley."
Dudley beobachtet gerade einen Bagger vorm Fenster; bekommt gar nicht mit, dass Frau Kolb mit ihm geredet hat. Sie lässt ihn schauen und fragt mich, ob ich schon mal jemanden beeinflusst habe.
Ich sehe sie an, dann zu Boden und verwuschele meine Haare. „Weiß nicht, vielleicht ist Sandra ja ein bisschen ruhiger geworden, seit ich da bin."
Frau Kolb lächelt. „Kannst du dir auch vorstellen, dass einen die eigenen Eltern beeinflussen können?"
Ich runzele die Stirn; zucke mit der Schulter, sage, dass das nicht hier hergehöre. Was will sie hören? Dass ich wegen meiner Mutter dachte, manisch-depressiv zu sein?
Im zweiten Teil der Gruppentherapie sollen wir die Zeitschriften durchblättern und nach Dingen suchen, die den Leser beeinflussen könnten.
Der Affe und die Kinder stellen fest, dass sie sich von der Handywerbung angesprochen fühlen. Bea spricht von den schönen, schlanken Models und davon, dass man so aussehen wolle wie sie.
Andrea spricht für Dan und mich über das Horoskop. Dass bei Leuten, die daran glauben würden, wirklich das geschehe, was das Horoskop voraussage. Das ‚große Unglück' könne dann schon die umgefallene Kaffeetasse sein. Man sehe immer genau das, was man sehen will – das Horoskop ändere also nicht das Geschehen, sondern allein die Wahrnehmung auf dieses.

Als ich im Zimmer liege, denke ich über das nach, was Andrea gesagt hat. Ist so ein Horoskop nicht irgendwie wie eine Diagnose? Wenn man sich einmal darauf eingeschossen hat, eine bestimmte Krankheit zu haben, dann kann man jedes Verhalten auch so interpretieren, dass es zum Symptom wird. Und verhält sich im Extremfall vielleicht auch so, wie es die Diagnose von einem verlangt.

Mein Wochenende verbringe ich zuhause; esse mit Mama und Matthias zusammen Broiler. Nachdem die Teller auf der Spüle stehen und meine Mutter und Matthias sich eine Kippe angezündet haben, meint meine Mutter, ganz beiläufig, während sie das Sonntagsrätsel ausfüllt: „Schreib deinen Psychologinnen mal einen Zettel, auf dem steht, welche Gedichte über dich sind und welche nicht ..."
„Wieso, die sind doch alle über mich." Ich nehme einen Schluck Tee.
„Nicht die, die ich denen gegeben habe, die von der Homepage."
„Hä, wieso? Haben sie die gelesen, oder was?"
Meine Mutter schaut kurz auf, von ihrem Rätsel. „Ja, das haben sie"
„Alle sechsundfünfzig?"
„Sieht so aus, ja. Jedenfalls fanden sie den Link zu dem Borderline-Selbsttest unter dem einen sehr *erschreckend* ... Und ich glaube, die denken, das Gedicht ist über dich. Haben mich jedenfalls so behandelt, als wäre *ich* die Böse. Du sollst ja auch raus aus diesem *kranken Umfeld* hier." Sie beginnt zu lachen, oder zu heulen, es ist nicht definierbar. „Sie sagen, dass dir der Umgang mit mir und Matthias nicht gut tut. Siehst du das auch so?"
„Nee. Quatsch. Ach, die haben doch keine Ahnung. Die spinnen doch. Hast du ihnen gesagt, dass das Gedicht nicht über mich war?"
„Klar, aber die haben mir gar nicht zugehört. Die haben nur noch das *kranke Umfeld* gesehen. Und dass wir ja so schlecht sind für dich. Die sind doch voll mit Vorurteilen, von Anfang an. Die haben gehört, dass ich manisch-depressiv bin und schon war alles klar. Ich bin der Grund. Ich allein. Deshalb wollten die ja auch meine ganzen Krankenhausakten lesen und alles – das hätten die gar nicht gedurft. Aber ich habe sie ihnen ja noch treu-doof gegeben, weil ich dachte, dass sie dir dann besser helfen können und nicht erst die falschen

Tabletten an dir ausprobieren wie bei mir. Ich dachte, die arbeiten da *mit* den Eltern und nicht gegen die Eltern." Sie räuspert sich.
Ich spiele ratlos an meiner Uhr rum.
„Hast du vielleicht etwas falsch verstanden?"
„Nein. Ich habe das alles schon ganz richtig verstanden. Pass auf, bald hetzen sie uns noch das Jugendamt auf den Hals, weil wir ja so schlecht für dich sind."
„Ach, das machen die schon nicht. Ich schreib denen einen Zettel, dass das Gedicht nicht über mich ist und gut. Die kriegen sich schon wieder ein."
„Na ja, ich weiß ja nicht ..."

Ausgerechnet das Gedicht mit dem Borderline-Selbsttest-Link beziehen sie auf mich. Na toll, dann brauchen wir uns nicht zu wundern, dass die denken, ich lebe in einem *kranken Umfeld* und habe eine Persönlichkeitsstörung. Schade nur, dass das Gedicht nicht über mich ist, sondern über Sina.
Vor knapp einem Jahr, nach meinem *Liebesgeständnis* (falls man es als solches bezeichnen kann), hatte ich Sina eine lange Mail geschickt:

Sina, du bist mir verdammt wichtig – als meine beste Freundin. Mir ist klar, dass nicht mehr aus uns werden kann und wenn ich es mir recht überlege, will ich das auch überhaupt nicht, weil ich viel zu viel Angst habe, unsere Freundschaft aufs Spiel zu setzen. (Falls ich das jetzt schon getan habe, könnt ich mir echt in den Arsch beißen!) Mir ist klar geworden, dass ich mich in meine Gefühle viel zu sehr reingesteigert habe. Ich bin nicht verliebt, sondern dachte es nur, weil du so wichtig für mich bist. Ich meine, du hast mich vor 3 Jahren aus meinem Schneckenhaus rausgeholt, ohne dich hätte ich mich niemals auf eine Bühne getraut, nie diese Theatergruppe gefunden etc., du hast mein Zimmer umgestylt, hast mich umgestylt, wegen dir heiße ich Chris und eigentlich hat sich durch dich mein ganzes Leben geändert. Du bist der erste Mensch, bei dem ich das Gefühl hatte, verstanden zu werden; die Erste, bei der ich einfach das Gefühl hatte, über alles reden zu können. Du warst praktisch Mutter, Schwester, beste Freundin, Zuhörerin, Stylistin, Beraterin und Kummerkasten für mich in einer Person.

Na ja, dann hast du deinen Typ kennengelernt und immer mehr andere neue Leute und da hab ich einfach gemerkt, dass mein Platz in deinem Leben immer kleiner wurde. Und ich, ich habe mich nur auf der Stelle bewegt. Das hat mich traurig gemacht und ich habe es als Liebeskummer interpretiert. Es war aber die Angst davor, dich als Freundin und wichtigsten Menschen in meinem Leben zu verlieren. Das heißt jetzt nicht, dass ich will, dass du dich änderst. Es ist schön, dass du neue Leute kennengelernt hast und dass es mit deinem Freund jetzt klappt.
Ich muss was ändern. Und zwar, ein paar andere Menschen wieder in mein Leben reinlassen. In den letzten Tagen habe ich dahingehend schon den Anfang gemacht: Ich hab seit langem wieder mit meiner Mutter, meiner Schwester und ein paar anderen geredet (so richtig) und das hat mir echt gut getan.
Was ich dir eigentlich sagen will: Ich weiß nicht, warum ich diese Gedichte geschrieben hab. Wahrscheinlich einfach aus Verwirrung. Ich habe selbst nicht mehr gewusst, ob das, was da steht, nun wirklich ist, oder einfach nur ein Gedicht. Ich habe sozusagen nicht mehr die Grenze zwischen Gedicht und Realität ziehen können. (Es schreibt ein Psycho.)
Es tut mir echt alles verdammt Leid. Wahrscheinlich hab ich uns beiden damit ziemlich viel kaputt gemacht und die Ferien versaut. Der Zeitpunkt war einfach mies.
Ich wünschte mir echt, du hättest die Gedichte nie gelesen und dass wir zwei wieder miteinander reden und auch wieder Freunde sein können. Denn ich war (oder bin) mit dir befreundet, weil ich einfach gerne mit dir zusammen bin. Nicht mehr und nicht weniger.
Für „mehr" muss ich mir einfach andere suchen; denn du kannst nicht auch noch das für mich sein. Das wäre ja schon krankhaft.
Na gut. Das war jetzt eine verdammt lange Mail. Ich weiß, dass du mit solchem Gesülze nicht so gut umgehen kannst; hoffe aber trotzdem, dass du mich irgendwie verstehst. Und dass es irgendwann zwischen uns wieder so sein wird, wie es einmal war. Es ist okay, wenn du Zeit brauchst.

Chris

Auf meine Mail habe ich keine Antwort bekommen. Nach zwei Tagen schrieb mich Sinas Freund über ICQ an – sie selbst hatte mich kommentarlos aus sämtlichen Freundeslisten gelöscht. Er schrieb

mir, dass Sina Abstand brauche; dass sie es nicht verstehen könne, dass ich sie *auf einen Sockel* stelle; dass es nicht gut für mich sei, so auf sie fixiert zu sein; dass meine Welt viel zu klein sei; dass wir keinen Kontakt mehr haben sollten.
Ich konnte und wollte nicht verstehen, was ihr Freund mir da schrieb. Ich hatte gehofft, meine Mail würde alles wieder gut machen, doch sie machte alles nur noch viel schlimmer.
Zwei Tage später nahm mich Sina bei ICQ wieder auf.
Ich schrieb sie gleich an.

Chris91: hey, wie geht's?

Sina: gut

Chris91: scheiße, können wir das alles nich einfach vergessen?

Sina: nein

Chris91: bedeutet dir unsre freundschaft denn überhaupt nix mehr?

Sina: chris, ich hab mir die arme aufgeritzt, wegen unsrer freundschaft

Meine Hände begannen zu zittern. Ich bekam kaum noch Luft. Was hatte ich nur angerichtet?

Chris91: was? spinnst du jetz total? is dir jetz alles egal, oder was?

Sina: nein

Chris91: ach scheiße sina, ich bin doch auch voll down, wegen diesem ganzen mist. ich kann doch auch nich ohne dich

Sina: aber ich kann ohne dich, chris

Chris91: aber warum ritzt du dich dann? Ich versteh das nich. ich hab echt angst um dich

Sina: du musst keine angst um mich haben. mir gehts gut, hab ich doch schon gesagt. ich war an dem tag, als dus mir gesagt hast, fertig mit den nerven, da hab ich das eben gemacht. war dumm. aber wenigstens hats meine mutter auch endlich mal gerafft. wir verstehn uns wieder echt gut, seitdem. und sonst ist mir eigentlich alles scheißegal

Chris91: was is dir scheißegal? dein leben, oder was?

Sina: huhu, mir gehts GUT. kapierst dus nur nich? mein leben is mir natürlich nich egal. unsre freundschaft is mir scheißegal. die hat mir auch nie so viel bedeutet wie dir

Chris91: das stimmt doch nich

Sina: doch

Chris91: unsre freundschaft kann dir doch nich immer scheißegal gewesen sein

Sina: aber jetz is das so.

Sina: klar, du warst halt immer da, wenn ich dich gebraucht hab oder mich ausheulen wollte, aber mehr auch nich

Chris91: du warst doch auch für mich da, wenns mir nich gut ging. hast du das vergessen, oder was?

Sina: ach chris, hör doch auf. es bringt nix, okay? mein leben is gut so, wies is. ich brauch dich nich

Ich brach heulend vorm Computer zusammen. Konnte keinen klaren Gedanken mehr fassen. Ich konnte mich doch nicht so sehr in Sina getäuscht haben ...
Meine Mutter fragte, was los sei. Ich deutete wortlos auf meinen Bildschirm. Sie nahm mich in den Arm. Sie las und sagte: „Ach Schnuppi. Ich glaub, deine Sina kann nicht damit umgehen, dass du

sie so doll magst, weil sie wahrscheinlich denkt, dass sie das nicht verdient hat. Deshalb sagt sie dir, dass du ihr scheißegal bist, damit du sie nicht mehr so magst."
„Das ist doch krank."
„Ja. Sie schreibt genauso, wie die Mädels mit Borderline in meinem Forum."
„Borderline? Was ist das denn?"
„Eine Persönlichkeitsstörung. Die Leute denken nur schwarzweiß – entweder mögen sie jemand total gerne, oder sie hassen ihn. Entweder geht's ihnen total gut, oder total scheiße. Borderliner haben ein sehr geringes Selbstwertgefühl, es macht ihnen Angst, wenn sie jemand bedingungslos lieb hat, weil sie sich selbst nicht lieb haben können; auch, weil sie Angst haben, von den Menschen verlassen zu werden, die sie gern haben. Deshalb reden sie sich ein, dass diese Menschen ihnen egal sind, um nicht verletzt werden zu können."
„Und du denkst, Sina hat das?"
„Na ja, was sie so schreibt, klingt schon sehr danach ... Ich hab da auch ein schönes Buch – *Ich hasse dich, verlass mich nicht.* Warte, ich gucke gleich mal, ob ich es finde."

Chris91: ich glaub, dir gehts eigentlich ziemlich scheiße, sina. Ich würd dir gern helfen, aber ich weiß nich wie ...

Sina: ich brauche KEINE HILFE und mir geht es GUT

Sina hat das Gespräch verlassen.

Ich habe das Buch *Ich hasse dich, verlass mich nicht* in der gleichen Nacht noch durchgelesen. Habe Sina und ihre Verhaltensweisen darin wiedererkannt, weil ich sie darin wiedererkennen wollte.
Es wurde für mich zur Tatsache, dass Sina Borderline hat. Ich versteifte mich darauf. Wurde immer fanatischer. Begann nächtelang über das Thema zu lesen. Schrieb Gedichte darüber. Suchte Borderline-Persönlichkeitstests aus dem Internet. Informierte mich in Foren. Ich musste Sina helfen. Es war doch meine Pflicht.

Ich allein war dafür verantwortlich, dass sie sich geritzt hatte. Mein irrtümliches Liebesgeständnis war schließlich der Auslöser für ihr Verhalten gewesen. Doch ich konnte ihr nicht helfen. War dazu überhaupt nicht in der Lage. Meine Hilflosigkeit machte mich kaputt. Ich musste ihr doch helfen. Sie war doch krank. Traurig. Im Innersten zerstört.
Aber eigentlich war ich es, die krank, traurig und im Innersten zerstört, war. In meinem Kopf hatte ich mir meine eigene Realität aufgebaut, mich in die Rolle der Retterin versetzt – verzweifelt, unnachgiebig und engstirnig versucht, Sina zu retten, obwohl sie überhaupt nicht gerettet werden brauchte, jedenfalls nicht von mir. Mir wurde klar, dass ich nur deshalb so fanatisch versuchte, Sinas scheinbare Probleme zu lösen, weil ich mir meine eigenen nicht eingestehen wollte.

Kapitel 14:

Die Gefängnisstrafe

Meine vierte Woche in der Psychiatrie beginnt. Meine drei magersüchtigen Mitpatienten haben Gruppentherapie. Weil mir langweilig ist, suche ich die anderen. Die sitzen alle im Affenzimmer.
Miss Psychiatrie zieht mal wieder ihre Show ab. Heute im Programm: die durchgeknallte Reiterin.
Das Pferd: Der Affe, der hilflos auf dem Bett liegt – die Arme unterm Kopf verschränkt, das Gesicht schmerzverzerrt, den Bauch eingezogen.
Die Reiterin: Natürlich Miss Psychiatrie, die sich seitlich auf dem Pferdebauch postiert hat und versaut stöhnend auf und ab springt.
Das Publikum: Ein Typ, der wie Bernd das Brot aussieht, und eine winzige Lady, die seit gestern hier ist und Sally heißt. Außerdem eine genervte Chris.
Das Halbfinale: Das Brot setzt sich auf Miss Psychiatrie, die immer noch auf dem Affen sitzt, die winzige Lady setzt sich auf das Brot und alle beginnen, sich gleichmäßig auf und ab zu bewegen. Eine bewegte Masse leuchtender Augen und wackelnder Gliedmaßen und eine Matratze, die jedes Mal halb heulend, halb lachend „AU!" schreit und anschließend in ein hustendes Kichern verfällt.
„Los Christin – setz dich auch noch drauf!" Miss Psychiatrie blitzt mich irre an.
„Ja, los, mach schon!", rufen die anderen.
Ich bleibe, stur auf meinem Kaugummi kauend, sitzen und schüttele genervt den Kopf; woraufhin ich als „Spielverderberin" und „Langweilerin" bezeichnet werde ... Hilfe – wo sind meine magersüchtigen Mitpatienten?

Das bunte Trio löst sich auf: Zuerst springt die Neue mit zirkusreifer Verbeugungs-Geste vom Brot ab, dann lässt sich auch das Brot unbeholfen nach unten plumpsen.
Das Finale kann beginnen: Miss Psychiatrie setzt sich in Reiterstellung auf den Affen und beginnt mit der Hand ein Peitschen anzudeuten. Ihre Beine knicken links und rechts neben dem Affenkörper ab – der Affe guckt verwirrt und schnappt wie ein gestrandeter Fisch nach Luft.
Das Brot steht mit leuchtenden Augen daneben und beobachtet das Geschehen. Sally grinst mich an.
Die Tür geht leise auf. Frau Dachs wurde durch die Geräusche angelockt. Sie lässt ihren vorwurfsvollen Blick vom Brot über Sally zu mir wandern. Wir gucken unsicher. Grinsen, weil das Ganze einfach zu dämlich ist. Frau Dachs stemmt ihre Hände in die Hüften und räuspert sich laut.
Miss Psychiatrie unterbricht ihr kleines Hoppe-Hoppe-Reiter-Spiel und schaut irritiert über ihre Schulter. Sie erblickt die Dachs, lacht übertrieben und lässt ihren Kopf auf die Hühnerbrust vom Affen fallen. Ihre Haare gleichen einem Wasserfall.
Der Affe ist knallrot. Hat wässrige Augen vor Schreck.
„RAUS HIER! ALLE!" Die Dachs schnappt nach Luft. „In eure Zimmer! Was bildet ihr euch eigentlich ein? Pack, elendes! Und wehe, ich seh einen von euch heut noch mal auf Station rumturnen!"
Die Show wäre beendet ...

„Was will diese verdammte Schlampe eigentlich von uns? Das war doch alles Kens Schuld, so eine Scheiße! Voll fett ey!" Miss Psychiatrie knallt die Tür zu.
Die Tür geht wieder auf, das Haarmodel kommt rein. „Das war ja mal wieder eine glänzende Aktion, Sandra. Das bringt dir und Ken heute und morgen Stationsaufenthalt. Und du bleibst heute auch im Zimmer, Christin. Bedank dich bei Sandra."
Miss Psychiatrie schreit: „Ey, so eine Scheiße! Wer denkt sich die ganzen verfickten Regeln eigentlich aus? Kann man hier nicht mal ein bisschen seinen Spaß haben?"

„Wir sind hier nicht im Puff, Sandra und auch nicht im Feriencamp. Das hier ist die Psychiatrie."
„Nee, das hier ist einfach ein scheiß Spießerladen. Ich weiß eh nicht, was ich hier soll."
„Tja, Sandra, da kann ich dir auch nicht weiterhelfen, wenn du das nicht weißt."
„Nur weil ich Stress mit meiner Ma habe, muss man mich doch nicht wie eine Schwerverbrecherin behandeln. Geben Sie mir mein scheiß Handy. Ich will meine Oma anrufen, damit die mich hier rausholt. Voll fett, ey."
„Deine Oma hat hier gar nichts zu entscheiden. Und du kannst auch vergessen, dass du heute dein Handy kriegst, nach der Aktion grade."
Sie geht. Die Tür bleibt offen. Miss Psychiatrie schmeißt sie zu. Das Haarmodel öffnet sie wieder. „Wer sich so verhält, hat auch keine Privatsphäre verdient. Wer weiß, was ihr als Nächstes anstellt ..."
Weg ist sie.
Miss Psychiatrie schlägt wütend gegen die Wand, schreit russische Schimpfwörter.
Ich lege mich in mein Bett, ziehe mir die Decke über den Kopf. Heule wütend in mein Kissen. Was habe ich verdammt noch mal falsch gemacht?
Aus Miss Psychiatries Gameboy kommen ständig Yippie-Rufe und Dudelmusik. Am liebsten würde ich das Ding aus dem Fenster schmeißen. Miss Psychiatrie gleich dazu. Aber man kann das scheiß Fenster ja nicht mal aufmachen. Ich drehe meine Musik lauter. Ein kurzer Blick auf meine Uhr. Gleich fünf, Besuchszeit. Heute kommt Tanja, eine gute Freundin. Zum Glück. Ich muss dringend hier raus.

„Hast du geflennt, oder was? Das ist nur deren Schuld. Die Schlampen müssen ja immer alles übertreiben. Voll fett, ey." Miss Psychiatrie spielt weiter Gameboy, ich zucke mit der Schulter und gehe auf Toilette. Auf meinem Rückweg sehe ich meine Freundin Tanja im Flur stehen. Ihre langen, hellblonden Haare offen. Die Stirn in Falten. Das Haarmodel redet gerade auf sie ein und schaut mich vorwurfsvoll an, als sie mich sieht. „Und, was jetzt, Christin?"

„Sie wollen jetzt nicht ernsthaft meine Freundin wegschicken, wegen so einer Scheiße, oder? Ich habe überhaupt nix gemacht." Ich trete wütend gegen das Bein der Tischtennisplatte. Zittere. Bin kurz vorm Heulen. Tanja kann ich nicht in die Augen sehen. Toll, was die wohl jetzt für ein Bild von dem hat, was hier abgeht?
Das Haarmodel emotionslos: „Das meine ich doch gar nicht, Christin. Es geht darum, dass heute *Dienstag* ist."
„Ja. Und?"
„Freunde dürfen grundsätzlich nur *mittwochs* kommen. Das weißt du aber Christin, oder?"
Keine Ahnung, ob ich das weiß. Bei so vielen sinnlosen Regeln kann man doch mal eine vergessen, oder?
Sie spricht weiter. So betont ruhig und belehrend, dass ich kotzen könnte. „Das habe ich dir beim Einweisungsgespräch ganz sicher gesagt, Christin. Aber wenn du deinen Besuch nicht regeln kannst, muss ich sie jetzt wieder wegschicken." Sie wendet sich an Tanja: „Tut mir Leid für dich, aber so sind nun mal die Regeln. Du brauchst auch nicht versuchen, heute Abend anzurufen, Christin darf heute nicht mehr telefonieren."
Ich starre die Schwester wütend an, versuche mich aber zusammenzureißen und starte einen letzten verzweifelten Versuch: „Können wir uns wenigstens eine Viertelstunde raus in den Garten setzen, oder so?"
„Nein, das geht nicht. Du hast Zimmeraufenthalt. Da wären wir beim nächsten Punkt, Christin ... Jetzt kannst du dich schnell verabschieden und dann geh bitte wieder auf dein Zimmer." Der Auftritt des Haarmodels wäre beendet. Sie verlässt die Bühne.
Übrig bleiben eine wütende Chris und eine hilflose Tanja. Schlechtes Programm. Kann ich bitte das Theater verlassen? Ich geh dann mal mit Tanja mit. War ja alles schön und gut hier, aber irgendwann ist es genug.
Nein, das geht nicht, Christin. Du hast Zimmeraufenthalt. Da wären wir beim nächsten Punkt. Punkt eins ist übrigens: Du bist in der Psychiatrie und nicht im Theater. Überleg dir doch mal, wo du bist, Mädchen. Also wirklich.

„Sorry, ich saß daneben, als zwei Leute aufeinander rumgeklettert sind und die behandeln mich jetzt wie eine Verbrecherin." Ich schaue Tanja hilflos an.
Schweigen.
„Bist du mit dem Zug gekommen?"
„Ja. Natürlich." Kurze, schnippische Antwort, einen Tick zu gereizt. Das ist Tanjas Art, wenn sie versucht, sich nicht anmerken zu lassen, dass sie etwas scheiße findet oder traurig macht.
„Na, dann gebe ich dir das Geld für die Zugkarte wieder." Ich zucke mit den Schultern. Tanja stöhnt genervt auf. „Nee, musst du nicht machen. Ich war eh grade mit meiner Mutter shoppen hier."
„Na dann ... Sorry. Also, tschau."
„Ja, tschau halt." Schulterzucken.
Eine kurze Umarmung. Ein Schlüssel im Schloss.
Ich gehe ins Zimmer. Verkrieche mich wieder unter meiner Bettdecke. Heule. Schnappe nach Luft. Trete wütend gegen die Wand. Beiße mir in den Arm. Spüre, wie die Haut zwischen meinen Zähnen zusammengedrückt wird. Spüre den Schmerz. Den Schmerz in der Hand, in meinen Füßen. Beginne auch meinen Kopf an die Wand zu schlagen. Ja, es tut weh. Doch das brauche ich. Der Rotz läuft aus meiner Nase. Ich verschlucke mich. Huste. Schluchze, heule, schreie. „Scheiße! Kein Telefon heute Abend, hä? Sonst geht's noch! Das dürfen die doch gar nicht. Wer bin ich, dass man so mit mir umgehen kann?"
Miss Psychiatrie legt sich zu mir ins Bett. Streicht mir sanft über den Arm. „Hey, Mausi. Beruhige dich doch mal." Sie reicht mir ein Taschentuch unter die Decke.
Ich höre Schritte. Etwas rollt ins Zimmer. Ein Klirren. Ein dumpfes Geräusch. Eine angenehme, sanfte Stimme: „Stellt die Tabletts dann einfach wieder raus, wenn ihr fertig seid." Pfleger Max. Scheint uns das Essen gebracht zu haben. Er geht wieder, hinterlässt den Geruch von Soljanka. Mir ist schlecht.
Miss Psychiatrie beugt sich über mich. Schiebt mir eine Scheibe Brot unter die Decke. Ich schiebe die Scheibe wortlos wieder unter der Decke vor.

Miss Psychiatrie kichert.
Hektisch gehe ich zum Waschbecken. Meine Haare hängen wie ein Wischmopp vorm Gesicht. Ich lasse mir kaltes Wasser über die Hände laufen. Meine Augen sind aufgequollen.
Miss Psychiatrie sitzt an unserem kleinen Tisch und isst. Ich gehe zum Kleiderschrank. Hole meine Sonnenbrille raus. Setze sie auf. Lustlos lasse ich mich aufs Bett fallen. Richte mich langsam auf, löffele Soljanka.
Miss Psychiatrie lacht über meine Sonnenbrille. Taucht immer wieder Brotstückchen in ihr Nutella-Glas ein. „Geht's wieder? Ich bin auch verdammt traurig, weißt du? Aber ich kann nicht heulen."
„Hm." Ist mir doch egal, Schlampe.
„Meine Oma wollte heute Abend anrufen."
„Mist, dass du jetzt kein Telefon hast, ne?"
Sie taucht wieder ein Brotstückchen ins Glas. „Scheiße, meine Oma hatte schon zwei Herzinfarkte und wenn die mich heute nicht erreichen kann, dann ist sie sicher total fertig, dann kriegt sie gleich noch einen Herzinfarkt und dann liegt sie tot in der Küche, wegen denen." Eine dicke Träne kullert ihre Wange runter. Ich denke, sie kann nicht weinen? Sandras Emotionen verwirren mich, ich runzele die Stirn und schiebe mir einen großen Löffel Soljanka in den Mund, damit ich eine Ich-hab-den-Mund-voll-und-kann-nicht-antworten-Geste machen kann.
Sie redet sich in Rage. „Die haben meine Oma aufm Gewissen, die Schweine!" Ihre Stimme schlägt von wütend in weinerlich um: „Scheiße, meine Oma darf nicht sterben!" Sie wischt sich theatralisch eine Träne weg. „Voll fett ey. Jetzt heul ich auch schon." Miss Psychiatrie grinst mich geschmerzt an und betrachtet sich auffällig unauffällig in meiner Sonnenbrille.
„Na ja, wird schon nix passieren mit deiner Oma."
Pfleger Max kommt rein. Er holt die Tabletts ab und schaut mitleidig. Miss Psychiatrie erzählt auch ihm in allen Einzelheiten die Geschichte von ihrer Oma.
Der Pfleger würde sich weich kochen lassen, das sieht man ihm an. Er streicht sich beschämt übers Gesicht. „Du, ich habe hier nicht so

viel zu sagen. Ich mach doch auch bloß Praktikum. Aber ich werd dir mal Schwester Monika herschicken."
„Ach, die alte Schlampe kannst du auch gleich lassen, wo sie ist."
Er geht unsicher. Wenig später steht das Haarmodel im Raum. Miss Psychiatrie erzählt zum dritten Mal die gleiche Geschichte. Steigert sich so rein, dass sie kaum noch Luft bekommt. Die Tränchen fließen übers Gesicht – die dicke Schminkschicht schwimmt weg. Entweder spielt sie ziemlich gut, oder die Situation scheint sie wirklich mitzunehmen.
„Sandra, das hättest du dir vorher überlegen müssen. Glaub mir, hier würden alle gern telefonieren. Aber Strafe muss sein."
„Strafe? Ich scheiß auf die Strafe, voll fett ey! Meine Oma kriegt einen Herzinfarkt wegen euch. Was kann die denn bitte dafür?" Sie geht wütend auf die Wand zu, schlägt mit einer solchen Wucht dagegen, dass die Pinnwand runter fällt. „ICH WERD'S EUCH ALLEN ZEIGEN! IHR ELENDEN SCHLAMPEN!"
Das Haarmodel verlässt kopfschüttelnd den Raum. Ich stehe da und weiß nicht, wie ich mich verhalten soll. Auch mir laufen langsam wieder Tränen übers Gesicht.
Miss Psychiatrie kommt auf mich zu. Schaut mich an. Sie kichert bitter. „Du siehst grade echt scheiße aus, Mausi."
„Danke gleichfalls." Wir fallen uns in die Arme. Umarmen uns lange. Mitten im Raum, in einem Zimmer der Psychiatrie. Welch lächerlich dramatisches Bild ...
Nachdem ich mich, leicht irritiert, aus der Umarmung lösen kann, lege ich mich ins Bett, um abzuschalten.
Miss Psychiatrie stellt sich vors Waschbecken und schminkt sich. Sie dreht ihren Kopf zur Seite und malt sich mit schwarzem Edding ein Hakenkreuz auf den Hals. Das präsentiert sie mir stolz.
„Spinnst du jetzt total, oder was? Wisch die Scheiße sofort wieder ab!"
„Beruhig dich mal ... Ich mach das doch nur, um die zu ärgern."
Das Haarmodel kommt ins Zimmer. Miss Psychiatrie stellt sich ihr in den Weg.
Die Schwester: „Wir haben uns noch mal abgesprochen im Team.

Dein Handy schalten wir an, Sandra. Wenn deine Oma anruft, sagen wir ihr Bescheid, dass du nicht ans Telefon kannst. Wir richten ihr aber aus, dass es dir gut geht. Hast wieder deinen Willen bekommen." Sie starrt auf ihren Hals: „Du machst es einem nicht sonderlich leicht, dich zu mögen, Sandra."
Miss Psychiatrie lächelt.
Die Schwester versucht erkennbar, sich nicht aus der Ruhe bringen zu lassen: „Ich hole jetzt einen Lappen und dann wischt du dir das ganz schnell wieder ab, ist das klar?! Und wenn ich so was noch mal bei dir sehe, dann gibt es eine ganze Woche kein Telefon, haben wir uns verstanden?!" Miss Psychiatrie grinst nur, das Haarmodel ringt sichtbar um Fassung. „Nee – ich reg mich jetzt nicht auf. Das ist die Sache echt nicht wert."
Das Haarmodel geht. Pfleger Max kommt. Er hält Miss Psychiatrie mit angewidertem Gesichtsausdruck ein Tuch hin. Es riecht stark nach Verdünnung. Miss Psychiatrie läuft knallrot an. Cleverer Schachzug, Max zu schicken, in den sie verknallt ist, das muss man den *Gefängniswärtern* schon lassen.
Der weitere Abend vergeht verdächtig still. Keine weiteren Gefühlsausbrüche. Keine Tränen. Keine Emotionen. Nur verheulte, blasse Gesichter, Würfel, die auf den Tisch fallen und das zirpende Geräusch, das beim Kartenmischen entsteht.
Unser Spiel wird insgesamt dreimal unterbrochen: Das erste Mal, als mir das Haarmodel schöne Grüße von meinem Vater ausrichtet, der angerufen habe, das zweite Mal, als sie mir mitteilt, dass auch meine Mutter angerufen habe, und das dritte Mal, als sie mir sagt, meine Oma habe angerufen.
Für Miss Psychiatrie ruft keiner an. Sie wird auch so gut wie nie besucht. Irgendwie tut sie mir fast schon wieder leid. Wahrscheinlich wünscht sie sich eine Oma, die jeden Tag anruft. Eine Oma, die es so fertig machen würde, sie nicht zu erreichen, dass sie auf der Stelle tot umfallen würde. So jemanden hat sie aber nicht. Wahrscheinlich ist Sandra hinter ihrer ganzen Fassade ein ziemlich trauriger und einsamer Mensch.

Am nächsten Abend sagt meine Mutter am Telefon zur Begrüßung: „Was, du hast deinen Mitpatienten beim *intimen Zusammensein* zugeschaut? Also wirklich."
Der ganze Stress des Vortages löst sich in einem herzhaften Lachen auf.

Kapitel 15:

Die Erinnerung

„Wie du ja weißt, habe ich heute Morgen mit deinem Vater geredet, Christin." Frau Kolb schiebt ihre Brille zurecht. „Ich war wirklich positiv überrascht, weil er so angenehm und bodenständig war und mir auch sehr vernünftig und verständnisvoll erschien. Ich hatte das Gefühl, dass er gerne wieder ein Stück weit mehr Kontakt zu dir hätte und dass er die Nähe, die ihr in den letzten Tagen aufgebaut habt, gerne aufrechterhalten würde. Weil so ein Stück weit enttäuscht, schien er schon zu sein, weil er erst so spät etwas erfahren hat von deinen Problemen ..."

„Erzählen Sie mir was Neues."

„Na ja, und dann hat er noch angefangen, über sein großes Haus mit dem großen Garten und dem Teich zu reden und dass da ja seit der Scheidung – wo ja jetzt nur noch dein Bruder mit dort wohnt – sehr viel Platz drin ist. Und ich habe mir so ein Stück weit gedacht, dass es vielleicht ganz gut für dich wäre, wenn du da wieder mit einziehst"

„Nein, auf keinen Fall."

„Und warum nicht?"

„Das würde meine Mutter umbringen."

„Du musst auch ein Stück weit an dich denken, Christin. Ich glaube wirklich, dass es dir gut tun würde, wenn du ein bisschen mehr Abstand zu deinem jetzigen Umfeld hättest. Weißt du, dein Vater, der hat eine sehr gesunde Einstellung dir gegenüber – er sieht dich als ganz normale Jugendliche und ich denke, dass er dich auch eher so behandelt, als dein jetziges Umfeld."

„Hören Sie bitte damit auf, meine Mutter und ihren Mann als ‚Umfeld' zu bezeichnen."

Ich atme tief durch. „Ja, meine Mutter ist manisch-depressiv; ja, sie war als meine Geschwister und ich klein waren sehr krank. Aber sie hat hart an sich gearbeitet. Sie ist nicht mehr der Mensch, der sie früher war. Seit der Scheidung war meine Mutter kein einziges Mal mehr in der Klapse. Ich bekomme von ihrer Krankheit kaum was mit. Warum sollte ich also von ihr wegziehen?"
Frau Kolb schaut verblüfft. Sie streicht sich eine Haarsträhne hinters Ohr. „Ein Stück weit hast du schon Recht, Christin. Ich möchte auch nicht sagen, dass deine Mutter schlecht für dich ist ... Ich dachte nur, dass dir ein kleiner Tapetenwechsel gut tun würde. Ein Neuanfang eben. Du hättest bei deinem Vater einfach ganz andere Voraussetzungen."
„Was denn bitte für Voraussetzungen? Die Jugend in dem Nest besteht aus Nazis und Kiffern, die ihre Nachmittage an der Tanke verbringen. Da kann ich weder Theater spielen noch Malkurse besuchen, noch meine Freunde regelmäßig sehen, noch meine Schule beenden, ohne jeden Tag ewig lang Bus fahren zu müssen. Außerdem arbeitet mein Vater die ganze Zeit."
„Ach Christin, du bist sechzehn – brauchst du da wirklich jemand, der die ganze Zeit auf dich aufpasst? Vielleicht würdest du da ja auch ein Stück weit selbstständiger werden."
„Ich denke nicht, dass es unbedingt gut für mich ist, den ganzen Tag allein in dem großen Haus zu sitzen. Mein Bruder ist auch nie zu Hause. Das würde mich doch dann nur noch mehr runterziehen, oder nicht?"
Sie streicht sich eine Haarsträhne hinters Ohr. „Ich denke schon, dass dein Vater ein Stück weit dafür sorgen würde, dass das nicht der Fall sein würde. Aber gut, es war ja auch nur ein Vorschlag, du kannst ja darüber in einer ruhigen Minute nachdenken."
„Sorry – da gibt es nichts nachzudenken."

Samstag, pünktlich um neun, holt mich Papa mit dem Auto zum Tagesurlaub ab. Wie immer schweigen wir die erste halbe Stunde und hören Radio. Dann fragt auch er mich, ob ich wieder zu ihm und meinem Bruder ziehen wolle.

Ich reagiere ziemlich gereizt, schimpfe regelrecht, woraufhin er sagt: „Ach Christinchen..." Wie ich dieses -chen hasse. „Das habe ich mir schon gedacht. Ich wollte dich nur mal fragen, weil deine Psychologin so was angedeutet hatte und ich es auch nicht für eine schlechte Idee gehalten habe. Aber ist ja nicht schlimm, kleine Maus."

Natürlich ist es schlimm. Mach dir doch nichts vor, Papa. Die Wahrheit ist immer schlimm. Deshalb konfrontieren wir Menschen uns auch so selten damit.

Er hält den Wagen an. Wir sind vor meiner Haustür. Ich steige aus, Papa fährt weg, um bei einem Umzug zu helfen. Ich komme nicht mit. Ich will an meinem Film weiterarbeiten. Ich betrete die leere Wohnung – meine Mutter und Matthias sind noch im Urlaub. Meine Katze schreit mich an, als sie mich sieht. Ich schließe die Tür.

„Das hast du ja toll hinbekommen, Chris. Wirklich toll! Was kann Papa denn dafür, dass du nicht bei ihm wohnen willst? Hä? Wie konntest du so mit ihm reden? Schlampe!" Meine Katze schaut mich komisch an. Sie tänzelt mir um die Füße. Miaut. „Ach Miez. Ich habe es nicht verdient, dass du so eine Messe machst wegen mir. Ist ja gut, Spätzchen. Los, ich geb dir erstmal was zu essen. Hast bestimmt Hunger."

Ich schiebe den Vorhang zur Seite. Es stinkt nach Katzenpisse. Drei gelbe Flecken auf dem Teppich. Ich stehe da, bin überfordert, starre die Flecken an, dann gehe ich in die Küche, hole ein Geschirrtuch. Es saugt sich mit Wasser voll. Das Wasser tropft auf den Teppich. Hinterlässt eine Spur, da wo ich langgehe. Ich falle auf die Knie. Schrubbe wütend auf den Flecken rum. „Brauchst dich ja gar nicht zu wundern, wenn deine Katze so einen Mist macht, Chris. Warum macht sie das wohl? Weil du nicht da bist, Christin. Wegen dir muss sie hier alleine eingesperrt sein. Nur wegen dir! Weil du dein beschissenes Leben nicht auf die Reihe kriegst, nichtsnutzige Versagerin!"

Ich ohrfeige mich mehrmals selbst. Immer wieder klatscht meine Hand gegen meine Wange. Laut, schallend. Mein Gesicht brummt. „Huhu, merkst du's noch? Du sollst dich nicht in deine Stimmungen reinsteigern. Los, wirke ihnen entgegen! Aber ich wirke ihnen doch entgegen. Verdammte Scheiße! Das hilft mir auch nicht. Klar, jetzt heulst du wieder. Immer das Gleiche mit dir, Chris! Du hast echt einen Schaden! Spring doch gleich ausm Fenster, Schlampe! Du gehörst eingesperrt."

Ich breche heulend zusammen.

Meine Katze umschleicht mich. Streicht mir mit ihrem Schwanz am Arm lang. Ich schnappe sie. Drücke sie ganz fest. Zu fest. Sie miaut, kratzt, sträubt sich. Das ist mir egal. Ich brauche etwas, das mir Trost spendet, mich wieder in die Realität zurückholt. Ich muss mir verdammt noch mal darüber bewusst werden, dass ein *normaler Mensch* nicht grundlos auf dem Fußboden kauert und sich ohrfeigt.

Ich stehe auf. Mein Gesicht schmerzt. Meine Augen brennen.

„Du musst arbeiten, Chris. Der Film, er muss fertig werden, bis zur Hochzeit. Das ist jetzt wichtig. Alles andere ist scheißegal. Du machst jetzt den Film weiter. Dann wird alles besser, wirst schon sehen."

Es dauert ewig, bis mein Computer hochgefahren ist. Ich will den Film öffnen. Endlich weiterarbeiten. Der Film ist nicht da. Er ist nicht mehr in dem Ordner. Einfach weg. Da steht nicht mehr *Hochzeitsvideo*. Da steht nichts. Der Film ist weg. Einfach weg. Sechs Wochen Arbeit futsch. Ich zittere. Heule. Verschlucke mich, huste. Erneut fliegt meine Hand auf mein Gesicht zu. Immer wieder. Pausenlos. Unnachgiebig. Was bin ich denn wert, wenn es diesen Film nicht mehr gibt? Ich bin Nichts. Ich habe nichts. Ich kann nichts. Ich bin vollkommen wertlos. Falle allen nur zur Last. Mache andere kaputt, mit meiner Art zu leben. Ich bin ein kleines Stück Scheiße. Arrogant, herzlos und kalt.

Das stimmt nicht, Chris, und das weißt du auch.

Nichts weiß ich, verstanden?

„Kleine Dinge können mich ziemlich aus der Bahn werfen", murmele ich – eine meiner Gedichtzeilen. Ich lache hysterisch.

Siehst du, du kennst dich, Chris.

Jemand, der sich kennt, ohrfeigt sich nicht. Der sitzt auch nicht in der Psychiatrie. Fast einen Monat schon. „UND, wo sind sie denn bitte, die großen Veränderungen, *Frau Kolb*? Was würden Sie sagen,

wenn Sie mich so sehen würden, Frau Kolb?", schreie ich schluchzend in den Raum. Mein Fenster ist offen. Ich stelle mich wackelig auf. Es ist nur ein kleiner Schritt. Nur ein kleiner Schritt bis zum Ende. LOS! SPRING SCHON, CHRIS! Ich weiß, dass du es willst! Nein, nichts weißt du! Reiß dich endlich zusammen!
Mein Handy klingelt. Ein Zeichen? Ich knalle das Fenster zu. Drücke auf den grünen Knopf. Meine Mutter.
„Mein Film ist weg." Ich beiße mir auf die Lippe. Sie beginnt zu bluten.
Mama klingt besorgt. Sie weiß, wie wichtig mein Filmprojekt für mich ist.
Sie holt Matthias ans Telefon. Er versucht, mir Anweisungen zu geben. Er sagt, er habe eine Sicherheitskopie. Wenn sie wieder da seien, wolle er sie gleich auf meinen Computer spielen. Ich sage „Passt schon", lege auf. In meinem Kopf stechen tausend kleine Nadeln.
Ich atme dreimal tief durch, rufe Papa an. Ich versuche emotionslos zu klingen: „Der Film ist weg. Kannst du mich nach dem Umzug bitte abholen?"
„Was, der Film ist weg? Wie das denn?"
„Kein Plan. Er ist halt nicht mehr da. Passt schon."
„Mist. Ach Christinchen. Ich beeile mich. Aber zwei Stunden wird das schon noch dauern hier."
Ich lege auf. Trete vor die Wand. Zwei Stunden. Ziellos laufe ich durch die Wohnung. Hin und her. Hin und her. Vorm Küchenschrank bleibe ich stehen. Ich öffne die Schublade. Nehme ein Messer raus. Setze es an meinem Arm an. Es fällt zu Boden. „Selbst dazu bist du zu feige." Ich ohrfeige mich ein letztes Mal, trinke einen Schluck Tee und lege mich aufs Küchensofa. Meine Katze springt auf meinen Schoß, beginnt zu schnurren. Ich streichele über ihr weiches Fell.

Verkrampft starre ich an die Decke. Und dann kommt sie, unmittelbar und vehement: die Erinnerung, ich will sie unterdrücken, will vergessen, doch es geht nicht. Sie kommt wieder, mit all ihrer Intensität.

Es geschah letzten Herbst, als ich mit Papa in Griechenland war. Als wir seinen Arbeitskollegen dort besucht haben. Seinen Freund. Sein Gesicht ist mir vor Augen wie kein anderes. Wie könnte ich es vergessen? Die entstellende Höckernase über dem breiten Mund mit den schmalen Lippen. Der stechende Rasierwassergeruch. Die Bartstoppeln, die unter der glatten Haut durchschimmerten. Schwarz – genau wie seine hochgegelten Haare. Immer ein selbstgefälliges Grinsen im Gesicht. Dieses Grinsen, das seine Wangen in tausend gefährliche Falten verzerrte. Er war klein. Kleiner als ich, doch erschreckend muskulös. Statt zu frühstücken, trank er Bier und rauchte Kette.

Er war achtunddreißig. Ich war fünfzehn. Und das wusste er.

Mein Vater und ich haben in seinem kleinen Haus übernachtet. Nur für eine Nacht sollte es sein, dann wollten wir ins Hotel.

Nur für eine Nacht.

Man konnte nicht aufrecht stehen in der Bude. Mein Vater und ich haben oben geschlafen. Eine kleine Treppe ging zum Klo runter. Die Stufen so schmal, dass man darauf auszurutschen drohte. Man rutschte regelrecht in das winzige Bad rein. Die Tür konnte man nicht schließen. Neben dem Bad war das Zimmer. *Sein* Zimmer.

Er rief mich zu sich. Es war Nacht. Ich kam gerade von der Toilette. Er lag auf seinem Bett. Die Beine angewinkelt. In der einen Hand die Bierflasche, in der anderen die Kippe. Wieder dieses selbstgefällige Grinsen. Er winkte mich zu sich und flüsterte: „Hey, willst du auch eine?" Ich stand unschlüssig in der Tür. Drehte mich nach oben um. Mein Vater schnarchte.

Ich ging in sein Zimmer, setzte mich auf sein Bett. Er lag hinter mir, mein Arsch berührte seine Beine. Ich rutschte weiter vor, er rutschte nach, gab mir seine Kippe. Ich zog dran. Beobachtete den Qualm, der sich durch den Raum schlängelte. Das Zimmer war klein. Nur ein Bett und ein Schrank. Mein Blick blieb an einem Bild hängen. Eine alte Frau. „Meine Mutter", sagte er. „Sie ist tot, wenig Tage zuvor."

Ich sagte: „Tut mir leid."

Er sagte: „Sie war alt. Aber ich sehr traurig war, wegen Tod. Nun ich haben nur noch meine kleine Bruder. Keine Familie. Ich bin ganz allein in die große Welt."

Ich wusste nicht, was ich darauf sagen sollte. Drückte die Zigarette in dem Aschenbecher aus, den er mir reichte. Er bot mir sein Bier an. Ich mochte kein Bier. Doch ich trank.

Er legte seine Hand auf meinen Oberschenkel. Ich wurde stocksteif. Zitterte. Wie naiv war ich eigentlich? Oben lag mein Vater und schnarchte. Eine Stimme flüsterte mir ins Ohr. „So eine schöne Frau. Du hast wirklich eine schöne Körper." Dieses Grinsen. Dieses verdammte Grinsen.

Ich sagte „*Danke*", versuchte seine Hand, die immer heftiger über meinen Oberschenkel strich, wegzudrücken. Sie ließ sich nicht wegdrücken. Er fasste mir in den Schritt. Ich wollte nur noch raus. Er hielt mich fest, streckte mir sein Gesicht hin.

„Küss mich."

Mir wurde kotzübel. Er fasste an meine Brust. Wieder: „Küss mich!", diesmal fordernder. Ich gewann meine Fassung wieder.

Sagte: „Nein" – leise, damit mein Vater es nicht hörte.

„Küss mich, jetzt!"

„Nein." Ich stieß ich ihn weg.

Er fiel rücklings aufs Bett. Schaute mich lüstern an. Dieses Grinsen im Gesicht. Dieses abartige Grinsen. Stolpernd rannte ich die kleinen Stufen hoch. Rannte hoch, wo mein Vater schnarchte.

Die ganze Nacht lag ich wach. Ich sagte meinem Vater nichts davon. Es war mir peinlich. Außerdem wollte ich uns nicht den Urlaub versauen, glaubte, der Typ wäre einfach nur besoffen gewesen und würde es jetzt lassen.

Natürlich hat er es nicht gelassen. Er probierte es immer wieder. Wir waren im Zoo. Er hatte dafür gesorgt, dass ich mit ihm allein in einer Gondel stand. Mein Vater in sicherer Entfernung in der vor uns. Ständig flüsterte er mir Dinge ins Ohr. Sagte mir, was für „eine tolle Körper" ich hätte. Sagte mir, dass er nach Deutschland kommen würde. Dass dort mein Vater nicht dabei sein würde – wir dann tun und lassen könnten, was *wir* wollten.

Seine Worte ekelten mich an.

Später, im Hotel, ging mein Vater duschen. Sein Kollege und ich sollten im Zimmer warten. Wieder der Mund, der „Küss mich" formte. Ja, verdammt, ich küsste ihn – in der absurden Hoffnung, dass es dann aufhören würde. Sein Kuss war feucht, viel zu feucht. Es war mein erster Kuss. Sein Mund ging gleich auf meine Brüste über. Durch meinen Ausschnitt kam er problemlos dran. Musste nur meinen BH nach unten schieben, dann war meine Brust entblößt. Wie ein gieriges Raubtier stürzte er sich drauf. Ich ließ es über mich ergehen. Spürte neben dem Ekel und der Angst eine abartige Erregung. Ich hasste mich dafür, dass es mich erregte. Mein Vater schaltete die Dusche aus. Ich zog meinen BH hoch, mein T-Shirt zurecht. Der Typ setzte sich neben mich, als wäre nichts gewesen. Nur sein selbstgefälliges Grinsen im Gesicht.
So ging das weiter. Drei Tage lang. Wir knutschten rum. Immer, wenn mein Vater uns den Rücken zudrehte. Jedes Mal. In der Tiefgarage, im Hotelzimmer, auf einer Parkbank, sogar im Auto, als mein Vater nur mal schnell am Rand pissen war.
In diesen drei Tagen rutschte ich zum ersten Mal in eine Rolle. Ich hatte sein Spiel zu *meinem* gemacht. Habe ihn zappeln lassen, indem ich unterm Tisch mit ihm füßelte, während er mit meinem Vater redete. Ich stellte mich zu nah an ihn ran, wenn wir in ein Schaufenster sahen. Ließ ihn meinen warmen Atem spüren. Ich genoss die Gefahr. Das Abenteuer. Meine Macht über ihn. Über diesen nichtsnutzigen Schwächling.
Am dritten Tag knöpfte er seine Hose auf, ich sagte wieder „Nein", doch es war nie mein Spiel.
...

Natürlich hat diese Geschichte Spuren hinterlassen. Spuren, die tief sind. Vielleicht sogar so tief, dass ich sie nie mehr verwischen kann. Alles, was uns in unserem Leben passiert, hinterlässt Spuren. Es wird uns nicht gleich bewusst; doch früher oder später merken wir es.
Ich merkte es daran, wie ich seit diesem Herbst mit Kerlen umgesprungen bin. Sobald jemand Interesse an mir gezeigt hat, bin ich in eine Rolle verfallen. Habe so lange mit dem Typ gespielt, bis wir uns

geküsst haben, wild miteinander rummachten. Ich machte die Typen heiß und setzte meine Reize geschickt ein. Danach das erste Date. Grundsätzlich erst *nach* der Knutscherei. Ich wusste, was ich über mich erzählen musste, damit der Typ mich interessant fand; wusste, wie ich ihn zum Lachen bringen und scharf machen konnte. All das hatte ich gelernt.

Die ganze Show zog ich nur ab, um nach dem Treffen folgende Nachricht zu schreiben: ‚Aus uns wird nichts. Ich bin nicht so der Beziehungstyp."

Ich hatte immer ein schlechtes Gewissen, konnte mich aber nicht anders verhalten; habe nie gelernt, wie das geht. Ich weiß nicht, wie das ist, wenn man jemanden auf klassischem Wege kennenlernt, langsam Gefühle für denjenigen entwickelt und ihn dann, nach vielen schüchternen Treffen, zum ersten Mal küsst. Davon habe ich keine Ahnung. Papas Arbeitskollege hat mich auf ein Stück Fleisch – ein reines Sexobjekt – reduziert, und seitdem kann ich Kerlen auch nicht mehr von mir geben als dieses Stück Fleisch. Die Spuren sind so tief, dass ich ihnen immer wieder folgen muss – nicht mehr von dem Weg abweichen kann, den ich irgendwann eingeschlagen habe. Einschlagen musste.

Der Dicke steht vor der Tür, mein Vater. Ich kann ihm nicht in die Augen sehen.

Ein paar Wochen nach dem Griechenlandurlaub habe ich gelernt, meine Gewissensbisse abzuschalten. Mich immer öfter in Rollen zu flüchten.

Jetzt fühle ich mich wieder so, als wäre es gestern gewesen, dass ich hinter Papas Rücken mit diesem Typ rumgemacht habe. Mit seinem *Freund*, wie er ihn nennt. Doch es war nicht gestern. Die Geschichte liegt neun Monate zurück.

Ich steige mit Papa ins Auto. Wir fahren zusammen in das große Haus in dem kleinen Städtchen. Es wird ein ganz normaler Fernsehabend. In meinem Kopf verblassen die Selbstmordgedanken und mein Geheimnis. Ein Geheimnis, das Stille verursacht.

Es ist die Stille zwischen Vater und Tochter.

Der nächste Morgen: Papa kratzt sich am Kopf. „Was soll ich denn da reinschreiben?"
Ich bin gereizt: „Das Teil heißt Elternheft. Musst du doch wissen, was du da reinschreiben sollst."
„Hä, was ist denn jetzt los? Das war doch eine ganz normale Frage, kann ich da nicht auch eine ganz normale Antwort drauf kriegen?"
„Was ist schon normal, Papa?"
Schweigen. Auf der Autofahrt versucht er, ein Gespräch mit mir anzufangen. Ich blocke bloß gereizt ab. Zicke ihn an.
Papa zieht verwirrt die Stirn in Falten. Er hat es nicht verdient, so angegiftet zu werden – er versucht letztendlich, immer alles richtig zu machen. Leider macht er dabei ziemlich viel falsch. Er muss doch merken, dass es mir beschissen geht, ich gereizt und traurig bin. Was fragt er mich denn da?
Chris, woher soll er es denn wissen? Was du nicht zeigst, das kann er nicht sehen. Was du ihm nicht sagst, das kann er auch nicht verstehen. Deshalb schreibt er ‚keine besonderen Vorkommnisse' ins Elternheft. Ein Kommentar, der mich traurig macht, obwohl *ich* allein ihn zu verschulden habe. Ich kann schließlich nicht von anderen erwarten, dass sie das Phänomen *Christin* verstehen, wenn ich schon selber täglich daran scheitere.

Kapitel 16:

Die Schuldgefühle

„Wie war dein Wochenende, Christin?“ Frau Kolb lächelt mich an.
Ich schaue zu Boden und schweige.
„Alles klar bei dir?“
Ich zucke mit der Schulter. „Passt schon.“
Dann schweige ich wieder.
Frau Kolb schiebt ihre Brille zurecht. „Was ist los, Christin?“
„Nichts. Ich will einfach nicht über das Wochenende reden.“
„Vielleicht hilft es aber, darüber zu reden“, sagt sie behutsam.
Ich winke lächelnd ab. „Ich hatte einfach einen kleinen Nervenzusammenbruch. Alles halb so wild.“
„Ist irgendetwas passiert, Christin?“
„Nein.“ Ich ziehe meinen Ärmel zurecht. „Jedenfalls nicht am Wochenende“, sage ich leise.
Sie schaut mich fragend an. Ich schweige.
„Wie meinst du das?“
Ich zucke wieder mit der Schulter. Mache den Mund auf und schnell wieder zu, wische mir durchs Gesicht. „Ach scheiße. Es gibt da einfach so eine Sache, an die ich mich erinnert habe. Aber passt schon.“
Frau Kolb runzelt die Stirn. „Was für eine Sache?“
Ich lache. Kann nicht aufhören zu lachen, obwohl ich es gar nicht will. Dann erzähle ich doch von dem Griechenlandurlaub. Stockend. Beschämt. Zum Schluss sage ich: „Scheiß drauf. Ich war doch selber schuld. Ich hätte mich ja nicht darauf einlassen müssen.“
„Hattest du eine andere Wahl, Christin?“
„Ich ... ich weiß nicht ... ich meine ... ich hätte es vielleicht meinem Vater ... aber ...“

„Aber?“
„Ich habe mich geschämt. Es ist doch sein Freund.“ Ich schlucke. „Und ich bin doch in sein Zimmer gegangen ... Ich habe mich doch auf sein Bett gesetzt ... Ich habe ihn doch zuerst geküsst.“
Ich drücke meine Augen zusammen. „Ich hätte das nicht tun dürfen. Ich habe meinen Vater hintergangen. Ich bin schuld. Ich allein.“
Ich verstecke mein Gesicht hinter meiner linken Hand.
Frau Kolb berührt die rechte Hand. „Christin.“
Ich ziehe meine Hand weg.
„Christin. Hör mir zu. Du hast keine Schuld an dem, was da passiert ist.“
„Natürlich hab ich die.“ Ich schluchze.
„Nein Christin. Du warst noch viel zu jung, um einzuschätzen, was da passiert. Du warst verängstigt und völlig durcheinander. Und das hat dieser Mann ausgenutzt.“
„Aber ich habe doch mitgemacht.“
„Ja, du hast mitgemacht, weil das in dem Moment die einzige Lösung war, die du gesehen hast. Vielleicht hast du dich damit sogar davor geschützt, dass er Gewalt anwendet.“
Ich zucke mit der Schulter.
„Christin, Erwachsene, die so etwas tun, sind Manipulationskünstler. Sie nutzen die Naivität und Hilflosigkeit der Kinder und Jugendlichen aus. Sie bringen sie dazu Dinge zu tun, die sie nicht wollen und die Heranwachsenden lassen sich darauf ein, weil sie Angst haben, dass sonst alles noch viel schlimmer wird.“
Ich beiße mir auf die Lippen.
„Und dann denken die Opfer, dass *sie* Schuld haben. Sie haben sich ja schließlich darauf eingelassen. Sie haben ja schließlich mitgemacht. Und genau *das* wollen diese Leute doch erreichen, damit sie nicht angezeigt werden. Denn ein Mädchen, das sich schuldig fühlt, das spricht auch nicht.“
Ich schweige.
Ich will nicht länger darüber nachdenken.
Ich will einfach nur vergessen.

Als ich zurück ins Zimmer komme, ist Miss Psychiatrie gerade dabei ihre Taschen zu packen. Morgen ist ihre Entlassung.
Ein letztes Mal nimmt sie mich gnadenlos bei allen Spielen aus. Wir lachen, wir haben Spaß. Ich bin froh über die Ablenkung.
Später, als wir ins Bett geschickt werden, legt sie sich zu mir.
„Oh Mann Mausi, ich bin echt voll froh, wenn ich die ganzen Schlampen hier ab morgen nicht mehr sehen muss." Sie schweigt.
„Wobei, so ein bissel komisch ist das alles schon, nicht?"
„Hm. Schon krass, wenn du dann einfach weg bist. Jetzt, wo ich mich grade halbwegs an dich gewöhnt habe."
„Was heißt denn hier halbwegs? Voll fett, ey." Nach einer Durchkitzelattacke lässt sie sich neben mir fallen und schaut mich lange an. „Weißt du eigentlich, dass du die gleichen Augen hast wie Pfleger Max?"
Ich kichere unbeholfen. „Nee. Aber wenn du das sagst ... Und meinst du, er gibt dir seine Handynummer noch?"
„Ach, ich weiß nicht. Der war ja gestern schon nicht da, ich glaub, morgen kommt er auch nicht ... Aber vielleicht besorgt er sich ja noch meine Adresse heimlich aus dem Schwesternzimmer und steht dann irgendwann voll fett vor meiner Tür, mit einem Strauß Rosen, oder so ..."
Ich grinse. „Ja, vielleicht."
„Aber du kannst ihm auf jeden Fall meine Handynummer geben, wenn er dich danach fragt, ja?"
„Hm."
Wir liegen schweigend nebeneinander.
„Warum kicherst du?", frage ich.
„Ach, nur so. Ich hab mir nur grade gedacht, also, na ja, wenn eine von uns beiden nun lesbisch wäre und die andere so ein bisschen bi, dann würde es hier voll fett abgehen, meinst du nicht, Mausi?"
Ich kann nur ein irritiertes „Hm" von mir geben, weil ihre Hand plötzlich an meiner Wange und meinem Hals entlang streicht.
„Du, ich bin echt müde ...", sage ich und drehe ihr den Rücken zu.
„Du kannst doch nicht müde sein an meinem letzten Abend, Mausi."
Ich antworte nicht. Stelle mich schlafend.

Miss Psychiatrie springt vom Bett auf. Sie wühlt in ihrer Tasche rum. Dann zieht sie mir die Decke weg und beginnt, meine Beine mit einem Filzstift vollzukritzeln.
„Hey! Was soll das?"
„Strafe muss sein."
Ich strampele wie ein wütendes Baby, um sie davon abzuhalten, weiter zu machen, aber sie hört nicht auf. Überall grüne Striche auf meinen Beinen, später auch auf meinen Armen. „Sandra, es reicht. Echt. Ich bin wirklich müde."
„Du Langweiler." Sie schaut mich mit ihren irren Augen an – grinsend. Dann zielt sie mit dem Stift auf meine Wange. Ich weiche ihr aus und beginne sie wegzuschubsen, woraufhin sie mich erneut durchkitzelt. „Du lässt mich heute wohl nicht mehr schlafen?"
„Wenn ich weg bin, kannst du jeden Abend schön früh ins Bettchen gehen, Mausi, aber heute gehörst du mir."
Ich gehöre ihr? „Sieht ja echt toll aus, das Zeug auf meinem Arm", sage ich genervt.
Miss Psychiatrie legt sich wieder neben mich, kuschelt sich in meinen Arm. „Wie an deinem zweiten Abend hier, nicht?"
Jetzt wird es sentimental – wir reden über all das, was uns in den letzten Wochen verbunden hat, lästern, lachen, manchmal schweigen wir auch einfach.
Als Miss Psychiatrie endlich mein Bett verlässt, atme ich erleichtert durch. Unter ihren skurrilen Geschichten schlafe ich ein. Sehe noch, wie sie Stück für Stück eine lose Schnur von ihrem Pullover in den Mund zieht. Miss Psychiatries letzter Abend war so, wie ihr gesamtes Auftreten hier: einfach nur crazy und doch auf eine absurde Art und Weise liebenswert.

Als die Stationstür hinter ihr geschlossen wird, jubeln die anderen. Ich hingegen fühle mich verdammt allein in dem riesigen Dreibettzimmer.
Miss Psychiatries Poster waren hässlich, doch sie haben den Raum mit Leben gefüllt. Jetzt wirkt er nur noch leer und leblos. Meine Sachen sind ordentlich ins Regal gestellt und ich liege im Bett

und wundere mich, wie schnell die Zeit vergeht und wie schnell man sich an Menschen gewöhnt. Ja, gewöhnen trifft es, glaube ich, ganz gut. Das hatte nichts mit Freundschaft oder Vertrauen zu tun, nicht einmal mit Sympathie. Außer diesem stetigen Knistern hat uns nicht viel verbunden. Trotzdem hat Sandra einfach dazugehört. Hat mich in den letzten vier Wochen aus dem Bett geholt, wenn ich mich in meiner Gedankenwelt verstecken wollte, hat mir ein Taschentuch gegeben, wenn ich traurig war, und hat mich gleichzeitig zur Weißglut getrieben mit ihrem ‚voll fett ey' ...
Ich werde sie vermissen.

Am Abend kann ich nicht schlafen. Miss Psychiatries leises, aber beruhigendes, Schnarchen fehlt mir irgendwie. Das Zimmer ist viel zu groß für mich allein. Ich schleiche zum Schrank und hole mir eine Zigarette aus der Tamponschachtel. Kurz zögere ich, dann drücke ich mich aber doch ganz nah ans Fenster und zünde sie an. Mit jedem Zug bereue ich es mehr. Am Fenster ist es arschkalt, der Rauch staut sich im ganzen Zimmer an und ich drehe mich ständig zur Tür um, aus Angst es könnte jemand reinkommen. So viel zum Thema ‚Rauchen entspannt'.
Der scheiß ausgesaugte Filter fällt dann auch noch auf das äußere Fensterbrett. Ich fluche leise, habe einen Verzweiflungs-Adrenalinstoß und suche hektisch nach etwas, womit ich die Kippe vom Fensterbrett kriegen könnte. Mit einem roten Handtuch, das ich durch das angekippte Fenster nach draußen fädele, versuche ich mein Glück. Erfolglos. Weil der ganze Raum nach Rauch stinkt, versprühe ich Deo, dann lege ich mich ins Bett.
Dumm gelaufen, denn durch die wunderbare Duftmischung wird die Einschüchternde angelockt.
Sie kommt ins Zimmer gestapft, schaltet das Licht an und ruft: „Christin!" Keine Antwort. „Christin?" Keine Antwort. „CHRISTIN!"
Ich kratze mich betont verschlafen am Kopf und gähne. Die Schwester zieht mir die Decke weg und schaut mich eindringlich an. „Ey, du hast doch geraucht, Christin. Die ganze Station stinkt

nach Qualm und wo es nicht nach Qualm riecht, riecht es nach Deo. Sogar auf Station 1 riecht man das."
Ich streiche mir verschlafen übers Gesicht, um Zeit zu gewinnen. Alles abzustreiten wäre aufgrund der Kippe auf meinem Fensterbrett nicht ratsam. Also gebe ich alles zu. Die Schwester sackt Feuerzeug und Zigaretten ein und verkündet mir, dass ich jetzt zwei Tage Stationsaufenthalt habe.

Am nächsten Morgen begleitet mich der Öko zum Gespräch mit Frau Kolb, damit ich unterwegs nicht rauche. Er findet das lustig. Als ich Frau Kolb sehe, ist da wieder dieses Gefühl, ihr näher zu sein als mir selbst. Ich grinse unweigerlich, werde rot, mein Herz klopft, weil ich merke, wie viel sie mir bedeutet. Wie gern ich mein Leben mit ihr verbringen würde. Nicht als Patientin, sondern als Partnerin. Als verliebtes Paar.
Unser Gespräch ist allerdings nicht sehr romantisch. Frau Kolb spricht noch einmal den Griechenlandurlaub an. Ich sage ihr, dass ich keine Lust mehr habe weiter in der Vergangenheit rumzustochern, weil es mir jetzt besser geht. Das akzeptiert sie. Sie legt aber nahe, nach meinem Aufenthalt eine ambulante Therapie zu machen, um diese Sache weiter aufzuarbeiten; auch um einen Weg zu finden, mit meinen Eltern darüber zu sprechen.
Weil meine Entlassung bald anstehe, hätten wir zwei ohnehin nicht die Zeit, die wir bräuchten, um dem gerecht zu werden, sagt sie. Also reden wir nicht länger über die Vergangenheit, sondern über die Zukunft. Eine Zukunft ohne Frau Kolb.
Eine Zukunft, in der ich versuchen will, aufzuhören, mein Verhalten und meine Gefühle in die Kategorien „manisch" und „depressiv" einzuordnen. In der ich aufhören will, mich ständig selbst unter Druck zu setzen. In der ich nicht länger das pessimistische Mädchen sein will, das sich zuhause verkriecht. Eine Zukunft, in der ich mir und anderen gegenüber offener bin. In der ich mich nicht länger verstecke, sondern zeige, was ich will, sage, was ich denke, fühle, was ich fühle, bin, wie ich bin. Eine normale Jugendliche, keine psychisch Kranke.

Kapitel 17:

Das kranke Spiel

Der Öko zeigt uns im Speisesaal Dias von seinem Russlandurlaub. Chips, Popcorn und Billigorangensaft gehen dabei rum. Richtiger Luxus heute.
Ein Neuer ist dabei, ein schlaksiger Riese. Er schaut ständig zu mir rüber und grinst. Die Schwestern haben beim Frühstück gesagt, wir würden einen ganz *Ruhigen* bekommen. So, so. Würde ja für Depressionen sprechen; doch wirklich depressiv wirkt der Junge nicht. Dazu scheint er viel zu sehr von sich selbst überzeugt zu sein.
Dass der Schein trügt, merke ich schon eine Nacht später, denn Tobias der Riese ist keineswegs von sich selbst überzeugt. Dafür aber verdammt verschossen – in mich.
Nachmittags sitze ich mit ihm und Sally im Flur.
Der Riese fragt, warum Sally hier sei.
Sie sagt: „Alkohol, Selbstverletzung, Suizidversuch. Letzte Woche war ich so aggro, dass ich einem Typ aus meinem Heim die Musikanlage auf den Kopf gehauen habe." Sie lächelt.
„Echt? Aber du bist doch winzig, wie hast du das denn gemacht?", fragt der Riese.
Sally präsentiert uns stolz ihre Muskeln. „Wenn ich will, dann kann ich ziemlich stark sein."
„Nee, nee, nee, die Jugend von heute", sage ich mit Omi-Stimme, um die Stimmung aufzulockern. In dem Moment kommt Dudley an, zeigt auf mich und sagt: „Die da hat im Zimmer gekifft. Ha ha." Er rennt schnell weg.
Der Riese schaut mich mit Lehrerblick an. „So so ..."
„Ich habe nicht gekifft. Nur geraucht."

„Das macht es nicht besser“, lacht der Riese.
„Und was ist eigentlich mit dir, Mr. Perfect?“, fragt Sally und wir schauen ihn beide provokativ an.
Er zuckt mit der Schulter. „Ich rauche nicht und ich kiffe nicht. Und bevor ihr fragt: Ich trink auch keinen Alkohol.“
Sally gähnt. „Du Langweiler. Was hast du denn dann für ein Laster? Sex vielleicht“ Sie schaut ihn herausfordernd an.
„Auch das nicht. Ich bin Jungfrau.“
„Depressionen?“
„Nein.“
„Selbstverletzung?“
„Nein.“
„Suizidgedanken?“
„Nein.“
„Unkontrollierte Wutausbrüche?“
Der Riese lacht. „Nein, auch das nicht.“
Sally schaut ungläubig. „Was machst du dann hier?“
„Meine Mutter denkt, dass ich krank bin, weil ich ein Magier bin. Die akzeptiert das einfach nicht. Dabei tue ich doch niemand was.“
Ich ziehe eine Augenbraue hoch. „Du bist Magier?“
„Warum reagieren immer alle so komisch darauf?“
Ich verwuschele meine Haare. „Sorry, hab so was nur noch nie gehört; war nicht böse gemeint.“
Sally mustert ihn interessiert.
„Was machst du denn da so als Magier?“
Er winkt uns näher an sich ran. „Ich kann zaubern, versteht ihr? Ich habe da so ein Hexenbuch und verschiedene Zaubertränke; die braue ich mir zuhause zusammen. Wenn Vollmond ist, gehe ich auf einen Berg, mache mir ein kleines Feuer und heule den Mond an. Ich will den Teufel beschwören, wisst ihr, weil der mir unendliche Macht gibt.“
Ich muss mir ein Lachen verkneifen, Sally auch.
„Zauber doch mal was für uns.“
Er flüstert. „Das geht nicht. Die Dachs hat mein Zauberbuch weggenommen und hier drin ist die falsche Aura.“

Das Haarmodel schickt uns aus dem Flur, sie will ihre Ruhe.
Also gehen wir in mein Zimmer, spielen Karten.
Der Riese starrt mich an, also sage ich: „Komm, jetzt leg endlich mal, Tobias."
„Oh, sorry. Ich war von deinem Anblick abgelenkt", säuselt er und legt eine Neun.
Ich ignoriere sein Gelaber, lege eine Sieben und sage: „Zwei ziehen, Sally."
„Nee nee, vergiss es! Tobias darf vier ziehen." Sally legt eine weitere Sieben auf den Stapel.
Tobias schaut mich mit einem Dackelblick an. „Das tut mir jetzt echt leid, Christin, aber du musst sechs ziehen."
Ich ziehe einen gespielten Flunsch. „Na toll ..."
„Ach, nicht traurig sein, Kleine." Er streicht mir tröstend durch die Haare und tätschelt mir die Schulter.
„Okay – geht wieder. Ähm, du kannst deine Hand runternehmen."
„Du bist ja so gemein." Er boxt mir mehrmals sanft gegen den Arm.
„Nee, du bist gemein." Ich wuschele ihm durch die Haare, wobei ich ihn fast vom Stuhl schubse.
„Ey, spielen wir jetzt Karten, oder was?", sagt Sally gereizt.
Ich quengele mit Kinderstimme: „Der hat angefangen, Mama."
„Stimmt ja gar nicht, die war's ..."
Als der Riese aufs Klo geht, ist Sally ganz aufgeregt. „Na da ist aber jemand verknallt."
Ich gucke verdutzt. „Was, ich?"
„Na klar. Du bist doch total nervös die ganze Zeit."
„Quatsch. Ich war noch nie verknallt." Jedenfalls nicht in einen Kerl.
„Aber jetzt bist du es."
„Nein, bin ich nicht. Bin sowieso nicht so der Beziehungstyp."
„Du kleine Schlampe – schnellen Spaß und tschüss, ja? Habe ich's mir doch gleich gedacht." Sie grinst mich an.
Ich verwuschele meine Haare.
„Aber Tobias steht doch voll auf dich. Das merkst du schon, oder?"
„Ja, das ist ja nicht zu übersehen ... Aber sorry, er ist Magier. Das ist ja mal total bescheuert."

Am nächsten Tag machen wir einen Tagesausflug zu irgendeinem blöden Turm. Während ich kaum Luft bekomme, redet der Riese fröhlich und ohne Luft zu holen auf mich ein. Ich habe mich dazu entschlossen, auf seine Flirtversuche einzugehen. Ich kann halt nicht anders, muss den Spuren mal wieder folgen, selbst bei Magier Tobias. Ich laufe neben ihm her, lache über seine Witze, tue so, als nehme ich ihn ernst. Ab und zu lasse ich meine Hand unauffällig an seinem Arm lang streifen oder schaue ihn einen Tick zu lang an.
Er frisst mir aus der Hand.
Wir gehen abseits von der Gruppe, um uns ungestört unterhalten zu können. Der übliche Smalltalk zum Kennenlernen. Als er mich fragt, ob ich einen Freund habe, antworte ich mit: „Nein, ich bin nicht so der Beziehungstyp." Das verstößt gegen mein Schema, weil ich diesen Spruch normalerweise erst nach der Knutscherei ablasse, aber der verknallte Magier lässt sich (entgegen meinen Erwartungen) nicht einmal davon abschrecken.
Er meint: „Ach, ich werde dir schon noch zeigen, dass du ein Beziehungstyp bist, glaub mir. Es hat viele Vorzüge, mich als Freund zu haben – fängt beim Frühstück am Bett an und hört mit der Massage am Abend auf. Und wenn wir dann erst verheiratet sind ..."
„Das mit der Massage können wir nachher ja mal ausprobieren", sage ich schnell, damit er aufhört, unsere Zukunft zu planen.
Wir sind endlich oben auf dem Berg angekommen. Der Turm, den wir besichtigen wollen, ist wegen Renovierungsarbeiten geschlossen. Super. Wir kriegen ein Eis ausgegeben, mit dem ich mich auf eine Steinbank am Berghang zurückziehe.
Der Magier setzt sich neben mich. „Ich habe dich schon gesucht. Warum bist du denn nicht bei den anderen?"
„Ich wollte halt einfach mal ein bisschen meine Ruhe haben."
„Na ja, meine Anwesenheit stört dich ja sicher nicht weiter. Ich sag auch nix, wenn du das willst. Ich will bloß mit hier sitzen."
Also sitzt der Riese neben mir und starrt mich an, während ich den Berghang runter starre.
Langsam geht es bergab.

Wir sind wieder in der Klapse. Der Riese hat sich mir nah aufs Sofa im Aufenthaltsraum gesetzt. Er schaut mich nach einem längeren Wortwechsel an und sagt: „Du bist komisch."
Ich zucke mit der Schulter.
„Deine uneindeutige Art bringt mich voll durcheinander. Ich versteh dich nicht."
„Ich versteh mich auch nicht."
„Na dann sind wir ja schon zwei." Er lächelt und sieht mich an.
Ich lächele und schaue auch ihm in die Augen. Mein Kopf nähert sich seinem. Sein Kopf nähert sich meinem. Ich mache den letzten Schritt. Küsse ihn.
Er sagt dabei (Ja, dabei!): „Ich habe da nicht so viel Erfahrung mit. Ich kann das glaub ich nicht besonders gut." Ich setze mich auf seinen Schoß, um ihm eine Chance zu geben, das Spiel ein bisschen aufregender zu gestalten. Er kichert unsicher und streicht mir schüchtern über den Rücken. Unsere Zungen spielen ein eintöniges Spiel miteinander, während ich die Dachs dafür verfluche, dass sie Tobias sein Zauberbuch nicht wiedergegeben hat – vielleicht gibt es darin ja einen Leidenschaftszauber. Na ja, wenigstens scheint es *ihm* Spaß zu machen – er stöhnt leise und lässt seine zitternde Hand unbeholfen über meinen Rücken kreisen.
Die Tür geht auf – danke! Der Riese und ich springen schnell voneinander weg. Setzen uns kerzengerade hin. Starren auf den Fernseher. Es ist nur Sally.
Sie grinst. „Erwischt! Ich habe euch erwischt ... He-he-hehe."
Ihre Augen leuchten.
Der Riese guckt wie ein Brot. „Beim Fernsehgucken?"
Sally lacht. „Keine Angst, von mir erfährt keiner was. Wobei, so ein bisschen eifersüchtig bin ich ja schon, eigentlich hatte ich mir Christin ja ausgesucht."
Ich verwuschele meine Haare. „Oh, das hättest du eher sagen müssen – aber komm doch einfach heut Abend noch mal vorbei. Du weißt doch, meine Tür steht dir immer offen, Kleines."
Tobias: „Hm, meinst du nicht, dass es da eng im Bettchen wird, wenn wir da zu dritt liegen?"

„Wieso, wer hat denn von dir geredet?" Ich grinse, scheinbar spaßhaft, doch das war mein voller Ernst – ich würde tausendmal lieber mit Sally in die Kiste gehen als mit diesem Möchtegern-Magier.
Der Riese zieht einen Flunsch, ich tröste ihn, indem ich ihm seine Haare verwuschele und ihm einen kurzen Kuss gebe.
Ein kollektives Auf-die-Glotze-Starren beginnt. Auf Viva läuft gerade eine Dokumentation über die erste Liebe und den ersten Sex. Der Magier schaut sich ein bisschen zu interessiert an, wie man seiner Flamme am besten ein Liebesgeständnis macht.
Der Riese flüstert: „Darf ich dich krabbeln?"
Ich starre genervt nach vorne, starte einen letzten verzweifelten Versuch – fange an, mit ihm zu füßeln; als er das mit einem „Wir füßeln ja..." kommentiert, verdrehe ich die Augen und verlasse den Raum.
Ich schlafe in dieser Nacht allein.

Den Ersten, den ich am Morgen sehe, ist der Riese. Er kommt in mein Zimmer gelatscht und schaut mich grinsend an. „Du Christin", er stockt. „Und, hast du gut geschlafen?"
„Ja. Schon. Du?"
„Na ja, nicht so richtig. War so aufgeregt, wegen dir."
„Oh."
„Christin, also, na ja, ich weiß nicht, wie ich das sagen soll ... also, Christin, ich habe dich echt gern. Also, nicht nur gern. Sondern *sehr* gern, verstehst du?"
Nein, das ist für mich nicht nachvollziehbar, aber wenn du meinst.
„Du, Tobias, ich habe dir gestern was gesagt: Ich bin nicht so der Beziehungstyp, das habe ich dir gesagt, nicht? Und ich meine das auch ernst. Ich dachte, das wäre dir klar."
„Ja, das hast du mir gesagt. Ich dachte nur eben, dass es vielleicht doch mehr werden könnte ..."
„Nee du, das wird nix. Tut mir leid."
„Das braucht dir nicht leidtun. Das gestern war der geilste Abend in meinem Leben ... Und das ganz ohne Zauberei und alles. Es ist total okay, dass du nicht *mehr* willst. Ich habe mir das sowieso schon

gedacht, weil du danach so abweisend warst. Dann habe ich jetzt eben noch eine zweite beste Freundin, die ich mehr mag als sie mich."

Ich drehe mich um und verdrehe die Augen. „Du, ich muss mein Zeug zusammenpacken, übermorgen komme ich hier raus, dann sehen wir uns eh nie wieder."

Er trottet ab. Was habe ich da nur wieder angerichtet?

Kapitel 18:

Der Abschied

Ein Tag noch. Ich zeichne ein Porträt von Frau Kolb, das ich ihr zum Abschied schenken möchte. Nicht nur mich macht es nervös, dass ich sie immer wieder anschaue, um ihre Gesichtszüge auf das Papier zu übertragen. Damit ich nicht merke, dass man auch Psychologen verunsichern kann, fängt sie an zu sprechen.

„Christin, mir ist in letzter Zeit etwas an dir aufgefallen."

Fuck, sie hat doch hoffentlich nicht gerafft, dass ich auf sie stehe. Ich verwuschele mir die Haare.

„Es ist mir aufgefallen, dass du dich oft in Rollen flüchtest, wenn dir Dinge unangenehm sind."

Ich grinse und zucke mit der Schulter.

„Wir haben ja schon mal ein Stück weit festgestellt, dass deine Mimik oft nicht zur Situation passt. Zum Beispiel hast du beim Ausflug zur Drogenberatung permanent gegrinst, während darüber gesprochen wurde, dass sich die Abhängigen gegenseitig ausraubten und zusammenschlügen, um an ihre Drogen zu kommen. Oder auch an deinem ersten Tag hier, wo du völlig verunsichert warst, die Schwestern aber ins Buch geschrieben haben, dass du sehr arrogant gewirkt hast."

„Hey, nicht den Kopf bewegen. Na toll, jetzt muss ich das wieder wegradieren."

Sie kichert. „Oh, sorry. So richtig, ja?"

Ich nicke.

„Was ich dir eigentlich sagen möchte, ist, dass ich das Gefühl habe, dass du dir manchmal selbst was vormachst, Christin. Dass du manchmal jemand spielst, der du nicht bist, weil du dieser jemand

lieber wärst, oder weil du glaubst, dass dieser jemand besser ankommt oder interessanter ist, oder weil es einfacher ist, dieser jemand zu sein, als du selbst. Du schlüpfst dann in deine Rollen und schwenkst teilweise auch echt ein Stück weit ins Theatralische über, statt dich wirklich mit der Situation, in der du dich befindest, auseinanderzusetzen – schaffst dir da ein Stück weit deine eigene Realität und verlierst die Wirklichkeit aus den Augen; weil du nur noch in deiner Rolle agierst und dich so verhältst, wie die Rolle, die du spielst, sich verhalten würde, aber nicht so, wie Christin sich verhalten würde. Wie siehst du das?"
„Ähm, hm ... kann schon sein. Keinen Plan. Wenn Sie das so sehen."
Ich grinse liebestrunken und radiere übertrieben auf meinem Blatt Papier rum.
Frau Kolb lächelt. „Hörst du mir überhaupt zu?"
„Jaja", sage ich hektisch.
„Jedenfalls musst du aufpassen mit deinen Rollen. Weil du sonst deine eigentlichen Probleme nur verdrängst; und irgendwann stauen sich so viele an, dass du ihnen nicht mehr gewachsen bist. Und stattdessen versuchst du dann, die Probleme der Rolle zu lösen, und nicht deine eigentlichen. Verstehst du, worauf ich hinaus will?"
Ich nicke. Wären wir in einem Comic, dann würden jetzt über meinem Kopf drei Fragezeichen auftauchen.

Später, allein in meinem Zimmer, denke ich über das nach, was Frau Kolb gesagt hat. Ist die Manisch-Depressive nur eine Rolle für mich? Eine Rolle, die mir eine Entschuldigung für all das gibt, was mir an mir nicht passt? Eine Rolle, die mich davor schützt, mich mit meinen wirklichen Problemen auseinanderzusetzen: Mit dem sexuellen Missbrauch und meinen Schuldgefühlen gegenüber Papa? Mit Sinas Ritzaktion, für die ich mich verantwortlich gefühlt habe? Mit meiner Einsamkeit, der Leere, der Langeweile? Meiner Angst davor, erwachsen zu werden, meiner Unsicherheit über meine sexuelle Orientierung, auch mit der Unfähigkeit, mich auf eine Beziehung einzulassen, selbst wenn mir der potentielle Partner gefiel?
Durch diese *Krankheit* habe ich Aufmerksamkeit bekommen. Ich

bin Mama dadurch wieder näher gekommen, auch Papa. Vielleicht war es wirklich nur ein Spiel, über das ich die Kontrolle verloren habe. Vielleicht habe ich mich so lange mit den Symptomen befasst, dass ich sie selbst entwickelt habe. Vielleicht hätte ich auch gedacht ein Gänseblümchen zu sein, hätte ich irgendwo gelesen, dass ein Manisch-Depressiver so etwas denkt.

Der letzte Abend, an dem ich zusammengequetscht mit den anderen auf dem Sofa sitze, macht mich nachdenklich. Auch wenn wir alle unsere Probleme haben, so haben wir uns doch eine schöne Zeit gemacht. Wir haben gespielt, gelacht, geweint, geredet, gelästert, die Stationsregeln ausgereizt. Wir waren eine Familie. Wenn ich morgens aus dem Zimmer kam, dann war immer jemand da, mit dem ich zusammen am Tisch sitzen, herumblödeln konnte. Ich war hier nie allein. Die Nachmittage im Garten, unsere Lokalrunde – bei der wir vor dem Zubettgehen zusammen im Speisesaal saßen, Wasser statt Wein getrunken haben und damit völlig zufrieden waren – und die viel zu kurzen Fernsehabende, werde ich sehr vermissen. Innerhalb von fünf Wochen ist die Psychiatrie ein Zuhause für mich geworden. Ein Ort, an dem ich mich sicher und geborgen fühlte, an dem ich erstmals unabhängig von meiner Familie und meinen Freunden gelebt habe, an dem ich lernte, auf andere zuzugehen und mich selbst zu überwinden. Ja, vielleicht war die Psychiatrie tatsächlich ein bisschen wie ein Ferienlager. Hinter verschlossenen Türen. Eine ganz eigene, dynamische Welt – abgeschottet von all dem, was uns draußen belastet.

Ich bin traurig, als ich am nächsten Morgen zum Abschlussgespräch zu Frau Kolb gehe. Auch deshalb, weil ich sie das letzte Mal sehen würde. Frau Kolb – meine Therapeutin, in die ich mich so verliebt habe, dass sie mich manchmal ganz verrückt gemacht hat. Die immer ehrlich und direkt war, die mich als Mensch, als ganz normale Jugendliche, sieht und nicht als Kranke.

Ich sitze ihr unbeholfen gegenüber, versuche sie anzuschauen, ohne ohnmächtig zu werden. Sie trägt heute schwarze Sandalen mit kleinen Absätzen. Dazu eine Jeans, bis zu den Knien hochgekrempelt.

Ihr weißer Kittel umspielt locker ihren restlichen Körper. Kurz über der Brust ist der letzte Knopf geschlossen. Es fällt mir schwer, mich auf ihre Worte zu konzentrieren, mir nicht vorzustellen, wie wir uns in den Armen liegen, uns küssen. Doch statt mich langsam auszuziehen, zeigt sie mir die Auswertung eines Persönlichkeitstests, den ich in meiner ersten Woche ausgefüllt habe. Sie versucht mir klarzumachen, wie sehr meine Stimmung an einem Tag die Sicht auf mein ganzes Leben verändern kann. Dass meine Gedanken nur Gedanken sind, die kommen und gehen – dass sie keine Tatsachen sind.
Sie fragt mich, wie ich die letzte Woche meiner Sommerferien verbringen möchte.
Ich kann ihr nicht sagen, dass ich am liebsten die ganze Woche mit ihr am Strand liegen und Händchen halten würde. Ich kann ihr sagen, dass ich ein Buch über meine Zeit hier schreiben möchte, sobald der Film für meine Schwester fertig ist. Ich füge hinzu: „Das finden Sie bestimmt nicht gut, hm? Weil ich dann wieder über meine Probleme schreibe."
Frau Kolb lacht. „Was soll ich sagen – die Entscheidung liegt selbstverständlich bei dir; aber ich bin mir nicht sicher, ob das gut für dich ist. Es ist schon nicht verkehrt, sich mit seiner Vergangenheit auseinanderzusetzen, aber man sollte nicht in dieser hängen bleiben, sondern sein Leben ein Stück weit leben. Im Hier und Jetzt."
Ich nicke.
„Du kannst das selbst am Besten beurteilen. Pass aber bitte auf, dass du dich nicht wieder in den Gedanken hineinsteigerst, manisch-depressiv zu sein. Okay?"
Ich schmunzele. „Ich denke, das schaffe ich."
Sie lächelt mich an. „Ja, du hast auf jeden Fall die Ressourcen dazu, es zu schaffen. Du wirst deinen eigenen Weg schon gehen. Du bist ein besonderer Mensch und deshalb wünsche ich es dir wirklich sehr, dass du aufhörst, dich selbst in eine Schublade zu stecken. Dass du lernst, Verantwortung für dich zu übernehmen, dir auch mal selbst in den Arsch zu treten. Denn die Einzige, die wirklich etwas ändern kann, das bist du selbst."

Frau Kolb gibt mir zum Abschied nur die Hand. „In unserem Fall ist ein *Auf Wiedersehen* wohl nicht angebracht", sagt sie.
Ja, leider.
Ich gehe zurück auf die Station. Mein letztes Mittagessen mit den anderen. Der Affe wird heute auch entlassen. Er hat zur Feier des Tages sogar geduscht. Weil er beim Essen laut rülpst, wird er aus dem Speisesaal geworfen; muss seinen Pudding stehen lassen, der arme Kerl. Der Riese sitzt ziemlich verloren mit den kleinen hyperaktiven Jungs am Tisch, die ihm permanent die Zunge rausstrecken. Dudley spuckt auf seinen Teller. Auch er wird aus dem Raum geworfen. Dan, Bea und Andrea essen, um hier rauszukommen. Der kleine Kartenhäuschenjunge schafft das nach wie vor nicht. Der Papagei ist inzwischen in ein anderes Heim gekommen. Sally sitzt in der Gummizelle – sie hat sich auf Station den Arm komplett mit einer Tassen-Scherbe aufgeschnitten, bekommt jetzt ein Antidepressivum und wird nach ihrem Aufenthalt in ein Heim für Mädchen mit emotionalen Problemen gesteckt.
Wir tauschen Handynummern und Adressen aus – schreiben werden wir uns nie. Der Riese hat einen Brief in der Hand, als er mich zum Abschied unbeholfen umarmt, den er mir dann doch nicht gibt. Er sagt, dass er mich nie vergessen werde, dass wir uns eines Tages wiedersehen werden und ich dann sicher ein Beziehungstyp sei. Meine Handynummer bekommt er nicht. Dudley klammert sich an meinen Beinen fest, will mich nicht loslassen. Er weint, als ich gehen muss. Die anderen weinen nicht, auch ich nicht. Aber wir stehen uns betroffen gegenüber, finden nicht die rechten Worte, umarmen uns, stehen noch eine Weile so da, verlieren uns dann für immer aus den Augen. Was bleibt, ist die Erinnerung an eine gemeinsame Zeit. Denn das gibt es auch. Gute Erinnerungen.

Charlotte Fritsch

Charlotte Fritsch wurde am 15.03.1991 in Weimar geboren.
2009 machte sie ihr Abitur am Friedrich-Schiller-Gymnasium Weimar. Das Jahr nach dem Abitur nutzte sie für Praktika in Grundschulen, einem Kinderheim, einer Einrichtung der Kinder- und Jugendpsychiatrie, einer Schule mit dem Schwerpunkt geistige Entwicklung und einer Schule mit dem Schwerpunkt emotional-soziale Entwicklung.
Seit 2010 lebt sie in Erfurt und studiert dort Förderpädagogik und Germanistik. Im Herbst 2012 gründete sie vier Theatergruppen zur Förderung sozialer Kompetenzen bei Kindern.
2008 nahm Charlotte Fritsch als Bundespreisträgerin am 23. Treffen Junger Autoren in Berlin teil - zwei Ausschnitte aus „Zwischen mir und mir" sind in der Anthologie „Während du wegsiehst" erschienen. 2009 wurde eines ihrer Gedichte in der Anthologie „Ausgewählte Werke XII" der Bibliothek deutschsprachiger Gedichte veröffentlicht. 2012 erhielt sie den Hauptpreis beim „Jungen Literaturforum Hessen-Thüringen"; ihre preisgekrönte Kurzgeschichte „Das gehasste Kind" wurde in der Anthologie „Nagelprobe 29" publiziert. 2012 erschien ein weiteres Gedicht in dem Sammelband „Frankfurter Bibliothek.

Ebenfalls erschienen

MARA SCHWARZ

„Magersucht ist kein Zuckerschlecken“

Eine Autobiografie, Buch, Softcover
232 S., ISBN: 978-3-940767-91-2
Auch als E-Book, für Kindle, iPad und alle anderen E-Book Reader

Zusehen zu müssen, wie junge Menschen sich (fast) zu Tode hungern, ist schwer zu ertragen und kaum zu begreifen, zu fremd scheint die Denkweise bei einer Essstörung. Mara Schwarz öffnet deshalb ihr Tagebuch und bietet faszinierende, mitunter verstörende und erschreckende Einblicke in die für Außenstehende nur schwer nachvollziehbare Gefühls- und Gedankenwelt von Magersüchtigen.
Nach einem traumatischen Erlebnis rutscht sie als Teenager in die Essstörung. Selbst als sie nur noch knapp 35 Kilo wiegt, fühlt sie sich immer noch viel zu fett.
Im ständigen Ringen mit sich selbst und den besorgten Ärzten versucht sie verzweifelt und mit eiserner Disziplin, die Kontrolle über ihr Leben zu bewahren. Mara Schwarz wird mehrfach eingewiesen, zwangsernährt, isoliert und therapiert und begegnet dem Druck von außen mit noch schärferer Selbstkasteiung, mit Depressionen und mit der Flucht in den Alkohol. Erst als Ärzte und Betreuer sie aufgeben und ihr raten, sich an ein Hospiz zu wenden, gelingt ihr der erste Schritt zurück.

Inhalt